DU VENT DANS
LES TOILES D'ARAIGNÉE

DU VENT DANS
LES TOILES D'ARAIGNÉE

Xavier Zakoian

© Éditions Hélène Jacob, 2016. Collection *Littérature*. Tous droits réservés.

ISBN : 978-2-37011-480-8

Éditions Hélène Jacob – 13 Impasse Victor Gesta – 31200 Toulouse

Imprimé par Create Space – États-Unis

13,45 €

Dépôt Légal Juillet 2016

Design couverture : Jérémy Calli

Photographie originale : Ted Baron

PRODROME

Paris, 15 novembre 1942

« Quel était votre rôle exact au sein du mouvement ? » hurla l'officier gestapiste à la face de Blaise, se rapprochant à l'en presque toucher et s'imaginant qu'une agression sonore aurait un effet médiateur sur la résistance du prisonnier.

Comme si l'accumulation de décibels pouvait être un relais décisif dans l'obtention d'un aveu. Peine perdue. Tout le travail de Blaise consistait précisément à ignorer cela. Éviter ce mécanisme presque innocent, cette projection mentale perverse, qui eût transformé une violence indolore en l'imagination d'une douleur à venir. *Il me crie dessus. Il peut continuer à crier, cela ne m'atteint pas*, se disait Blaise, s'accrochant à l'idée de ne vivre que l'instant présent, que la seconde vécue.

Et non la suivante.

Cette lutte aurait pu se prolonger un moment, mais le jeu se déplaça sur un terrain dont Blaise, par excès d'émotion et d'épuisement mêlés, laissa percevoir à son bourreau qu'il y était plus sensible :

— Votre complice vient de tout nous dire ! Les noms, les adresses… J'ai déjà tout. Alors, ne niez pas ! Vous vous mettez en danger tout autant que vos camarades.

Puis, reprenant de manière moins véhémente, calmement, presque doucement, mais les yeux exorbités :

— Il serait plus simple que vous parliez. Je sais déjà tout, mais je veux comprendre ce que vous, vous faisiez exactement. Quel était votre rôle ?

L'idée que Jeanne, dont il ignorait presque tout, sinon l'intimité qu'elle lui avait offerte l'espace de quelques jours – ah ! ces quelques heures volées à la vie, volées à la clandestinité –, l'idée que Jeanne, donc, ait pu les trahir et qu'il en ait été complice par négligence ou aveuglement, cette idée, Blaise l'avait combattue avec force. Et d'ailleurs n'avait-elle pas été contredite, dans la douleur d'un cri, quelques instants plus tôt ? Le gestapiste proposait pourtant cette variante à l'infamie des coups et Blaise, sans y être préparé, allait devoir composer avec elle : pouvait-il supporter l'idée que Jeanne eût été celle qui avait parlé et avait échangé l'idéal d'un combat, pour quelques secondes gagnées sur la souffrance ? La pénombre de cette même salle aux murs impuissants, témoins muets et silencieux de tant d'autres combats, avait-elle été la complice d'une lâcheté jetée aux bourreaux, comme l'on jette un peu de terre aux siens, avant de les inhumer ?

Les coups avaient repris et Blaise sentait son corps réagir encore, derniers spasmes de la vie qui danse une dernière danse. S'il avait laissé percer, dans son regard, une lueur différente, différente de l'indifférence aux coups simulée, il s'était vite repris et les mots « … votre complice vient de tout nous dire… » n'avaient pas provoqué en lui ce petit supplément d'inclination à la facilité. Ce léger déficit d'âme qui l'eût fait basculer du côté de l'aveu.

Au lieu de cela, de même que la vue de cafards, qui couraient avec application le long des plinthes, avait pu constituer, quelques instants plus tôt, une distraction éphémère, mais salvatrice, salvatrice de quelques secondes volées à l'ignominie, Blaise repensa à ce cri « Au secours ! » Il en percevait maintenant la familiarité avec un moment de bonheur intense, identique par l'intonation et l'abandon exprimés. Et pourtant si différent. Invité curieux, surgissant à sa mémoire en un instant sordide entre tous, Blaise était en Jeanne dans cette chambre qui les avait accueillis quelques heures, dans le dénuement d'une attirance partagée et la plénitude d'un ici et maintenant. Sur elle et en elle. Et elle criait. Elle criait comme elle avait crié tout à l'heure. Et Blaise la faisait à nouveau crier, dans cet univers devenu hideux, au rythme des coups qui pleuvaient sur lui et qu'il accompagnait de tout son corps. En elle et ne faisant qu'un avec sa bouche, il était son bourreau exultant, dans l'exultation de sa propre souffrance par elle transformée.

Et il la faisait souffrir, de plaisir, avide de la vue de ses yeux à elle, mi-clos, le plaisir exprimant et la douleur appelant.

Il la regardait crier, comme il regardait ses bourreaux, et criait avec elle : « … Plus fort ! »

I. RENCONTRE

1.

New York, 10 septembre 1954

Assise à la terrasse du café du premier sous-sol, la jeune femme ne vit pas tout de suite qu'elle était observée. Ce n'est que lorsqu'elle aperçut une silhouette figée et croisa un regard, parmi les visiteurs, en contrebas de l'allée menant à la salle des Anciens, qu'elle fut saisie par cette sensation étrange que le hasard n'était plus seul à inspirer les mouvements autour d'elle. Elle avait souvent eu ce sentiment, grisant et pénétrant, que les autres jouaient une partition auprès d'elle, bien écrite, sonore, parfois lumineuse, mais dont elle seule ignorait le rythme et la mesure, plus encore que les pauses. Lorsqu'elle endossait les habits de *l'autre*, elle savait à quoi s'en tenir et cette partition sonore et lumineuse était alors bien réelle, se confondant avec le bruit et l'odeur des ampoules en verre qui crépitent. Mais, en cet instant, était-elle déjà *l'autre* ?

De son côté, l'homme ne l'avait pas dévisagée bien longtemps. Il avait d'abord été saisi par la blondeur qui s'échappait du tissu recouvrant ses cheveux, éprouvant un ressort soudain, une espèce de vitalité disponible, sortie de nulle part, qui le tirait étonnamment de sa torpeur d'un après-midi au musée. Il imagina se rapprocher et fendre cette haie d'honneur que semblaient lui faire ces toiles sans vie, tout à l'heure objet de ses rêveries et désormais réduites à leur plus simple expression : la postérité accrochée à un clou. Soucieux de ce que le « foulard aperçu » ne se sentît agressé par l'arrivée prévisible d'un importun, il hésita. Juste équilibre entre confiance en soi et volonté de ne pas déplaire, il n'exagérait pas plus que cela le crédit d'un regard échangé. Ses yeux balayèrent à nouveau la salle, retrouvèrent la blondeur sous le foulard et se fixèrent. Puis, il se convainquit d'y aller et décrivit la plus belle courbe innocente qui fût, feignant l'absorption de son cerveau par la lecture d'une notice du musée, pourtant tenue à l'envers, notice qui lui inspirait de nombreuses grimaces, comme autant de gages de l'indifférence portée à toutes lunettes noires ou blondeur cachée.

Doutant de *l'autre*, la jeune femme se convainquait, elle, que ce jour de septembre serait une belle journée, c'est-à-dire sans intrus à l'horizon. D'ordinaire si prompte à penser que l'on ne pouvait que *la* reconnaître, *l'autre*, la *monstrueuse*, elle s'efforçait d'imaginer que les gens ne pouvaient *la* voir et reprit sa quête plus intime qui consistait à griffonner quelques mots dans un carnet. Elle se sentait belle et triste au milieu d'artistes dont, pour certains, elle admirait tout autant l'œuvre que la vie – de Goya, elle avait fait les rêves hallucinés. Ses pensées couraient le long d'une courbe macabre et poétique. Immobiles et courageuses au front du stylo, elles révélaient sa détresse au fur et à mesure qu'elles noircissaient le cahier : « *Help! Help!* »

De son côté, l'homme concentré continuait à décrire de petits cercles discrets et ridicules, notice en avant et grimaces affichées, comme autant de circonvolutions suspectes, mais appliquées. Il finit par accoster nonchalamment la table se situant juste derrière celle qu'occupait la jeune femme enfoulardée. Nul doute qu'il eût préféré que quelques instants se passent avant qu'il eût à l'aborder, car c'est ainsi qu'il inscrivait cette perspective, au double fronton de la découverte et de l'épreuve. Les choses ne se déroulèrent pourtant pas comme prévu. Le bar, dans lequel tous deux se trouvaient, était comme une oasis dans un désert de couloirs aux atmosphères recueillies. Beaucoup de familles, de couples même, s'attardaient quelques instants pour se désaltérer, reposer leurs muscles et reprendre un second souffle avant de repartir dans le processus extatique d'une visite au musée. Si un médecin avait pu les observer, nul doute qu'il eût conclu à un état de joie triste, mêlée d'angoisse, que n'aidait pas à dissocier une perte de contact avec le réel. Symptômes patents d'un état morbide, mais esthétique. Or, si l'alchimie qui semblait être née de leur regard échangé – ou, devrait-on dire, arraché, car la volonté de céder un échantillon de soi n'était pas partagée – était encore incertaine et pouvait, à ce stade, prendre toutes les formes d'explosivité, elle ne devait rien à la mort, pas plus qu'à la contemplation. Les chaises disposées en cercle autour de la buvette semblaient autant de témoins silencieux du moment qui allait se jouer.

Par quelle magie se retrouvèrent-ils tête contre tête, nul ne saurait plus le dire, mais le fait est qu'il ramassa un carnet incidemment tombé et qu'elle l'en remercia d'un sourire appuyé. Les quelques fractions de seconde qu'il passa la tête en bas, sous la table, côtoyant une cheville, un talon haut et ces mots, couchés sur un papier quadrillé, lui firent grande impression. Ce n'étaient pourtant ni la table, ni le talon, ni la cheville, mais bien les mots, qui la lui inspirèrent. Au moins, passé un premier moment de confusion, lui donnèrent-ils le motif et l'assurance d'un début de conversation :

— Are you writing…? I mean… Are you a writer?

Elle le regarda avec surprise, et reprenant ses esprits – leurs têtes s'étaient légèrement cognées –, répondit spontanément :

— I write poems, sometimes…

Puis, non sans humour, voulant moquer le charme de l'anglais débutant de l'inconnu, son côté « Frenchy », et s'appliquant du mieux qu'elle le pouvait :

— Ça veut diwe : « Au secouwe ! Au secouwe ! », éclatant de rire, les yeux fixés sur l'homme.

Comment avait-elle pu proposer, l'espace d'une seconde, bruyante et belle, l'image d'une gaieté insouciante, d'une femme qui rit aux éclats, tandis que ses pensées étaient si sombres ? *L'autre* prenait le pouvoir, assurément.

Bien des années plus tard, l'homme pourrait encore décrire, de manière très précise, les quelques minutes qu'il passa en présence de cette cheville, ce talon et ce carnet. La façon dont elle le reprit et le rangea, dans un sourire, était un peu celle des clowns qui remettent leur masque, gênés d'avoir dû, un instant, afficher leur vérité. Était-ce le fond sonore, ce bruit ambiant des visiteurs d'art, tout à leurs notes et échanges superlatifs, ou était-ce ce rire extraordinaire, franc et sans calcul ? Peut-être encore, cet accent exotique, ce charme simple, que magnifiait le sourire de son auteur ? Il avait senti monter en lui deux serrements de cœur distincts, d'égale puissance, le laissant comme sonné : la perception d'un charme infini, un sex-appeal inouï et une douleur. La douleur des mots prononcés. Car s'il n'avait pas tout de suite rapproché ces quelques gouttes d'encre d'un souvenir ancien qui le hantait, c'était parce qu'il s'était tout d'abord attaché à leur forme : une écriture couchée et simple, aux lettres découpées, peu liées entre elles, construites à la manière d'un typographe. Il n'avait alors lu que deux mots, écrits dans une langue étrangère : « Help! Help! ». C'est lorsque la jeune femme lui en avait fait une traduction spontanée et drôle que cela lui était revenu. De manière forte et imprévue, presque avec violence. Comme s'il avait toujours su que cet « Au secours ! Au secours ! » resurgirait un jour.

La conversation s'engagea pourtant et il s'arrangea pour donner le change. Non, il ne s'était pas fait mal et, « Come on!… », ce n'était pas de lui dont il fallait s'inquiéter. Dans une langue qu'il ne maîtrisait pas, il sut se faire comprendre, dérouler mécaniquement quelques expressions apprises, « … I am so sorry! », « … I hope I did not hurt you?… », autant de bouées jetées vers l'inconnue et dont l'intonation, sincère et française, exagérait à peine le désarroi. Le regard fuyant et présent à la fois, la jeune femme lui répondait de manière enjouée, souriant au choc des deux cultures comme à celui des boîtes crâniennes. Elle s'appelait Zelda et disait aimer parcourir les longues galeries du Museum of Modern Art de New York, l'après-midi, en semaine : « It is so amazing! ». Il ne la contredisait pas, abondait, au contraire, dans son sens et, s'il hésitait à se lancer dans des digressions culturelles qui l'eussent emmené au-delà de ses compétences, il distillait avec soin les quelques rudiments d'information qu'une notice, lue avec souplesse, lui avait très récemment permis d'acquérir. Dire qu'elle en fut conquise était certes exagéré, mais l'homme ne manquait pas de charme et, comme il le lui proposait rapidement, elle acceptait bien volontiers de partager un verre avec lui :

— Pouwequoi pas ?

La petite musique qui s'ensuivit, éternelle petite musique de l'ennui rompu à deux, fut bien innocente et belle. Nul besoin d'être mélomane pour juger qu'elle fut joliment interprétée, tout autant par les cuivres que par les cordes. Écume des mots dont ils se servaient tous deux pour mieux rester dans l'univers des sens, ils purent ainsi quelque temps échanger avec bonne humeur. L'homme se présenta enfin :

— My name is Barthélemy and I am French… But it's not my fault… You can call me Bart.

Il eut l'impression qu'elle ne comprenait pas son prénom, mais trouva déplacé de le répéter. Il est vrai que Zelda l'intriguait au plus haut point, à la fois dans sa gestuelle, vive et craintive, mais aussi dans cette façon particulière qu'elle avait de le mettre à l'aise, de l'aider dans son entreprise de séduction, tout en le maintenant soigneusement à distance. Autorité d'une grâce naturelle qui devait tout autant à *l'autre* qui, décidément, perçait sous Zelda. S'il l'avait remarquée au départ pour sa blondeur, puis sa blancheur, que rehaussait plus encore un foulard sombre posé sur ses cheveux, il découvrait un être assez mystérieux. Le sérieux, la concentration qui habitaient Zelda lorsqu'elle parlait d'art et que finissait toujours par rompre une plaisanterie ou un trait d'humour – ultime forme d'élégance de l'esprit qui ne souhaite pas dire son exigence – ne laissait pas de l'intriguer. Entre deux contrepoints, elle lui souffla être une artiste elle-même. Elle n'en dit pas plus et l'homme, prenant cela pour de la modestie, ne la questionna pas. Ces paroles « Au secours ! Au secours ! » ne cessaient d'ajouter à son malaise. Il pensa à leur pouvoir mémoriel, qu'il trouvait d'une puissance égale à celui des odeurs et des saveurs. « Gouttelettes presque impalpables » elles aussi, « portant sans fléchir (…) l'édifice immense du souvenir », elles avaient bien le même pouvoir que quelques madeleines trempées dans une tasse de thé.[1]

— J'aimerais beaucoup voir vos œuvres ! eut-il la repartie d'indiquer, sans que lui-même ne sût s'il évoquait l'écriture ou la peinture.

Un sourire qu'il tenta de retenir et le geste brusque d'une tête qui tourne, pour mieux regarder alentour, furent les seules réponses, silencieuses, qu'il obtint. Même si Zelda s'attachait à *la* contrôler, *l'autre* avait conquis le terrain de la gestuelle et du masque. Comprenant qu'elle résidait à New York depuis quelques mois à peine, il semblait qu'elle avait du temps pour elle, mais nulle indication qu'il puisse lui en être accordé. La conversation dansait tranquillement dans l'air feutré et le voisinage des vastes salles du musée. L'homme percevait maintenant une tension.

---

[1] Référence au célèbre passage de *À la recherche du temps perdu* de Marcel Proust : « Mais, quand d'un passé ancien rien ne subsiste, après la mort des êtres, après la destruction des choses, seules, plus frêles mais plus vivaces, plus immatérielles, plus persistantes, plus fidèles, l'odeur et la saveur restent encore longtemps, comme des âmes, à se rappeler, à attendre, à espérer, sur la ruine de tout le reste, à porter sans fléchir, sur leur gouttelette presque impalpable, l'édifice immense du souvenir. Et dès que j'eus reconnu le goût du morceau de madeleine trempé dans le tilleul que me donnait ma tante… »

Si les mots échangés étaient anodins, les corps s'animaient parfois au-delà des rires ou des sourires donnés à l'autre.

La musique s'interrompit pourtant, car la jeune femme, soudain soucieuse de l'heure, indiqua qu'elle devait honorer un rendez-vous. Décontenancé un instant, le jeune homme la fit sourire à nouveau, jouant sur la signification galante du mot rendez-vous :

— But aren't you presently having your *rendez-vous*?

Il ajouta que, comme convenu, il lui ferait parvenir la toile de Goya, celle-là même qu'elle aimait tout particulièrement. Le temps pour lui de s'entendre avec le directeur du musée, les conditions de transport devant être réglées avec soin. Bien entendu, l'adresse à laquelle envoyer le colis était certainement celle qu'elle ne manquerait pas de lui indiquer, cela allait sans dire. Elle rit, cette fois de bon cœur, mais devait partir. Se levant, elle le regarda fixement, ce qui le surprit car c'était la première fois que ses yeux ne fuyaient pas, et lui proposa de le revoir, le soir, au Gino's, lieu sympathique new-yorkais s'il en était, qu'il ne connaissait pas, mais dont il indiqua sans fléchir qu'il y serait à 20 heures précises.

Elle partit sans plus un mot ni un regard, semblant endosser les habits et la démarche d'une *autre*. Bart l'observa s'éloigner : elle marchait à la manière d'un jouet, comme s'il lui importait de ne pas peser sur le sol, se déhanchant de façon divine.

Passé le moment de surprise d'une initiative qu'il avait feint d'accueillir avec naturel – cette invitation au Gino's – et s'étonnant de ne pas en avoir été l'auteur, son mal-être revint, d'abord doucement, puis de manière plus forte. S'éloignant de quelques mètres de la terrasse du café, Bart avait le sentiment que son esprit le quittait, s'échappant avec fulgurance des murs du Museum of Modern Art, le transportant en d'autres temps et d'autres lieux – de l'autre côté de l'Atlantique, bien des années plus tôt –, le laissant là, seul, avec son enveloppe corporelle. Sa notice à la main. Une voix connue répétant quelques syllabes : « Au secours ! Au secours ! »

2.

Z elda quitta rapidement le Museum of Modern Art de New York, heureuse d'y avoir passé un moment de communion au milieu d'artistes qu'elle comprenait et dont elle semblait parfois éprouver le talent. Ils personnifiaient pourtant son propre vide culturel, cette ignorance crasse contre laquelle elle luttait et qui la faisait souvent chercher ses mots, trébucher et même bégayer.

Pourtant, loin de la détourner de leur génie, ce complexe lui donnait l'énergie folle de tendre à s'en rapprocher, s'en nourrir et toujours lui enjoignait d'apprendre, pour progresser. Un complexe, mais aussi un manque, qui la laissait parfois prostrée lorsqu'elle y songeait. Zelda gardait de son enfance de nombreuses blessures, plus sévères – l'absence d'un père, l'indignité et la folie d'une mère –, mais son inculture la terrifiait. Et ce combat contre l'ignorance reconnue dans le regard des hommes la laissait souvent perdue. Songeuse à la manière d'un mort dont le dernier masque aurait été celui d'une pensée qui sait.

L'atmosphère dans la rue était électrique et semblait portée par l'énergie d'un Glenn Miller ou la voix acidulée d'une chanteuse noire, Ella Fitzgerald, qu'elle avait récemment découverte et à qui elle avait permis, ou plutôt à qui *l'autre* avait permis de se produire tous les soirs au Mocambo, cabaret réputé et ordinairement interdit aux artistes de couleur.[2]

Sourde ou souriante aux sifflets qui l'accompagnaient sur son chemin, selon qu'elle était distraite par les événements de la rue – un souffle de vapeur s'échappant brusquement du sol, la sirène stridente d'une voiture de police, le bruit d'un camion déchargeant, moteur allumé et ouvriers affairés –, elle parcourait à vive allure les quelques blocs qui la séparaient de son hôtel, le St Regis Hotel, sur la 55e rue, côté est.

Les sifflets, qui ponctuaient ce jour-là sa promenade sur le macadam new-yorkais, lui rappelaient ceux qu'elle provoquait dès l'âge de 14 ans, lorsqu'elle quittait le domicile de Grâce pour se rendre à l'école communale. Grâce était la meilleure amie de sa mère et devait devenir sa tutrice légale après l'internement de cette dernière. Les voisins, les conducteurs, les ouvriers ou parfois ses camarades de classe les plus téméraires, la croisant, lui offraient toujours un accompagnement sonore et bon enfant, légèrement vulgaire, certes, mais dont elle ne percevait que l'attention portée et l'annonce faite d'un horizon meilleur. Un horizon où, loin de ne susciter qu'indifférence et mépris, le monde entier se retournerait sur elle, épierait ses moindres apparitions et se damnerait pour ses soupirs.

---

[2] Au début des années cinquante, grande admiratrice de la chanteuse, Zelda – ou était-ce *l'autre* ? – demanda au propriétaire du Mocambo d'accueillir Ella Fitzgerald dans son cabaret, en échange de quoi Zelda viendrait elle-même tous les soirs pendant une semaine s'asseoir à une table, au premier rang.

À l'époque, *l'autre* n'existait pas et celle qui se prénommait alors Norma Jeane n'avait pas idée encore du *monstre* qu'elle créerait à force de travail et d'observation inouïe d'elle-même. Des heures durant, elle resterait devant sa glace et lentement, centimètre par centimètre, par la magie d'une lèvre retroussée, d'un cil qui ondule, presque imperceptiblement, d'une bouche qui s'ouvre, à peine, juste légèrement, laissant découvrir le rose d'une langue, la blancheur des dents – oh ! ces dents si parfaitement alignées ! –, le *monstre* prendrait forme.

Les deux kilomètres qu'elle faisait le matin pour se rendre au collège le plus proche, tout comme les deux kilomètres qu'elle faisait au retour, le soir, étaient, à l'époque, devenus pour Zelda, du fait même de l'attention masculine qui lui était portée, les deux parenthèses enchantées d'une journée où la misère le disputait à la solitude. Sa construction identitaire était déjà un long chemin de croix qu'elle parcourrait toute sa vie. N'avait-elle pas été placée dans un orphelinat à l'âge de 8 ans, alors que sa maman était encore bien vivante ? Et ce n'était pas le souvenir des multiples maisons d'accueil de son enfance qui pouvaient rétrospectivement lui donner plus de repères. Sa première famille, celle des Bolender, lui avait pourtant semblé, comparée aux autres, un vrai havre d'amour dans une prime jeunesse largement dénuée d'affection. Oui, les Bolender avec Ida, sévère, pieuse et intraitable, mais finalement aimante, chercheraient toujours le bonheur de *la petite* ; Ida qu'elle avait prise pour sa mère pendant de longues années et qui percevait quinze dollars par mois pour l'héberger et s'occuper de son éducation.

Le simple fait d'être reconnue, fût-ce à travers cette forme d'expression la plus réduite que les hommes ont jamais trouvée, l'empruntant au langage des oiseaux, l'originalité mélodique et la beauté en moins, était un baume sur des plaies qui s'étaient ouvertes très tôt et que bien des années plus tard elle s'attacherait à soigner dans l'univers étroit des cabinets de médecins.

Cet après-midi-là, Zelda n'avait justement aucune envie d'aller chez son psychiatre, car elle se sentait d'humeur joyeuse, presque badine, portée par la perspective de revoir cet inconnu qui l'avait fait rire.

Ce soir... Et il a intérêt à m'apporter le Goya ! se disait-elle en souriant.

L'idée même de devoir, une heure durant, se confronter à ses propres démons, affronter l'épreuve des mots pour se défaire de son passé ne l'enchantait guère. Non qu'elle n'en voyait pas l'intérêt et les récents progrès constatés, lents et difficiles, mais que confirmait son médecin, en étaient la juste récompense. Mais décidément, aujourd'hui était une journée à s'oublier dans les bruits, la vapeur, la lumière et l'énergie formidable de New York. Ou peut-être dans les bras d'un homme.

— Bonjour, Docteur ! J'ai acheté cette œuvre et, je vous le dis tout de suite, je ne sais pas pourquoi ! fit-elle, déboulant dans le cabinet de son psychiatre.

— Bonjour.

— Regardez ! Je vous l'ai apportée. Elle est absolument superbe. C'est une main... Bien sûr, c'est beaucoup plus qu'une main... Je ne sais pas quoi exactement, mais... En tout cas, elle arrive directement du Museum of Modern Art !

— Voyons cela… Hum, mais c'est une pièce mystérieuse… Qu'évoque pour vous cette main, dites-moi ?

— Ah ! Mais c'est à vous de me le dire, Docteur, je ne sais pas lire dans les lignes de la main ! rit-elle avec enthousiasme, prenant place dans le fauteuil faisant face au médecin.

Ce jour-là, Zelda se prêterait, finalement, de bonne grâce aux questions intimes. Regrettant qu'elles fussent souvent centrées sur son enfance ou sa relation aux hommes, elle chercha à exprimer tout l'enthousiasme qu'elle ressentait pour son achat et indiqua que la main était signée d'un « maître, le sculpteur roumain Brancusi ! »

— Brancusi ? Vous aimez décidément les choses épurées, presque dénaturées…, fit le médecin, peu connaisseur de cet art difficile de la taille de pierre et méprisant tout art détournant le réel.

— Oui, je trouve cela merveilleux ! fit Zelda, tentant encore de partager son émotion.

— Certes. Mais si vous voulez bien, parlons un petit peu de votre recherche artistique. La vôtre. Que représente-t-elle pour vous ?

— Oh, vous savez… Je ne sais pas. Je sais que je n'en suis qu'aux prémices. Mais j'apprends. J'apprends et j'apprends encore. Quand j'ai débuté, on me disait que les scènes devaient être jouées en « ar-ti-cu-lant les mots », fit-elle en détachant les syllabes, et que l'on devait s'assurer de l'intelligibilité des paroles prononcées… de leur cohérence avec l'expression du visage… Bref, qu'il fallait s'appliquer à déformer son visage pour indiquer l'horreur, la joie, la surprise… Alors je m'entraînais toute seule devant mon miroir. Et puis, je répétais avec mon professeur… J'ai même participé à une séance de photos avec d'autres « wannabe »[3] actrices où l'on prenait la pose de manière figée, en tordant notre visage, en écarquillant les yeux, en fronçant les sourcils ou encore en ouvrant la bouche de terreur... Bouh ! Quand j'y repense, cela me fait rire ! Je me dis que j'étais plus proche, alors, de mes ancêtres malades que d'une quelconque recherche artistique, dit-elle en riant maintenant franchement.

— Et vous ne faites plus cela ?

— Non ! Car j'ai créé *l'autre* et *l'autre* se charge de tout cela et bien plus encore... Je m'amuse à *la* regarder dans la glace, dit-elle mystérieusement, soudain sérieuse. À travers *elle*, j'ai découvert que l'on pouvait exprimer beaucoup de choses par la seule maîtrise de son corps. Et pourtant, l'essentiel n'est pas là. L'essentiel, c'est l'émotion. Ressentir au plus profond de soi l'émotion d'un personnage. Alors mon problème, c'est d'endosser ses habits à *elle*, d'abord et avant tout. Parce qu'on me le demande. Parce que le monde entier attend qu'*elle* apparaisse. Et puis, lorsqu'*elle* est enfin prête, faire en sorte qu'*elle* ressente et devienne *elle*-même le personnage... Mais de cela, les gens se préoccupent moins, du moment qu'*elle* bouge, qu'*elle* existe et les fait rêver.

Cherchant ses mots, Zelda dirigeait son regard vers le bas, comme si ses pensées étaient tapies à proximité d'elle, dans un monde parallèle qu'elle ne pouvait approcher qu'en détachant ses yeux du réel. Elle finit par dire :

— Oui vraiment, jouer la comédie, c'est passer l'épreuve de devenir *elle*, ce *monstre* à qui l'on demande toujours de

---

[3] Personnes aspirant à devenir actrices : I « wanna be » an actress...

jouer les idiotes… Jouer c'est me réfugier dans la vie d'une *autre* qui, *elle*, joue…

— Si je comprends bien, la comédie est pour vous une fuite en avant, une manière d'échapper à votre propre vous-même, à votre passé, ces blessures…, relança le médecin, sans avoir écouté sa patiente. Puis continuant :

— C'est en quelque sorte une pièce que vous voulez jouer pour les autres. Peut-être pour ne pas inscrire votre nom au générique de votre propre vie, non ? Qu'en pensez-vous ? On en revient toujours à la même chose : vous voulez vous protéger… au lieu de vous affirmer et avancer.

— Non ! Je ne cherche pas à me protéger ! hurla presque Zelda. Ce n'est pas une fuite… Vous ne m'écoutez pas ! Je ne suis plus tout à fait moi-même, mais je ne fuis pas. Ou alors… Peut-être est-ce que *l'autre*…, que j'ai voulu créer et qui est exactement ce qu'on a toujours voulu que je ne sois pas…

— …

— Ida… Vous savez docteur. Je vous ai déjà parlé d'Ida… Elle voulait que je sois parfaite. Et parfaite pour elle, cela voulait dire pieuse, croyante, irréprochable. Parfaite aux Yeux d'En-Haut.

Mais à quoi bon ? pensa Zelda. À quoi bon expliquer qu'elle avait créé un *monstre*, à l'opposé de tout ce que l'éducation d'Ida lui avait donné ? Une chose *monstrueuse*. Qu'elle incarnait, mais qui était une *autre*, un personnage distinct, qu'elle pouvait, à volonté, faire vivre ou mourir. Instantanément. Comme cela, dans la rue, ou dans un café, un magasin. Provoquant l'hystérie autour d'*elle*, au point que parfois il fallait appeler la police avant que les choses ne tournent mal. Tout cela par le simple jeu d'un sourire devenu universel, d'une blondeur reconnaissable entre toutes et d'une magie du visage qu'elle composait à merveille, comme un artiste joue de son instrument. Une *autre* faite pour le bonheur de tous, un bonheur absolu et terrestre. Et, bien sûr, capable des pires choses aux yeux d'Ida : montrer son corps, découvrir ses jambes, ses formes. Bouger comme personne, peut-être, ne l'avait fait avant *elle*.

Zelda préféra s'en tenir aux aspects techniques de son art :

— L'émotion… Maîtriser l'émotion. J'ai aussi compris, grâce à Michael Tchekhov, que l'art d'un acteur, c'est de se déposséder.

La séance continua ainsi un moment sur l'exercice difficile de la comédie, que Zelda disait vouloir porter au merveilleux. Cela lui permit, une fois n'était pas coutume, de se tenir à l'écart des chemins tortueux d'une Norma Jeane qu'elle était aussi, fille de Gladys Baker, petite-fille de Della Monroe et construisant à grand-peine un parcours de vie difficile, en parallèle d'une destinée publique déjà lumineuse.

3.

New York, 10 septembre 1954, le soir

Sortant de chez son médecin, c'est à peine si un léger sentiment de culpabilité poignait en elle. Certes, avoir un rendez-vous avec un inconnu n'était pas interdit, mais son mari était aussi violent que jaloux et elle sentait confusément que viendrait le temps des questions. Il est probable qu'une amitié imaginaire ou qu'un rendez-vous professionnel et nocturne, opportunément invoqué, ne convaincrait qu'elle. « Je suis libre et le serai toujours ! » se disait-elle tout de même, comme pour mieux se donner du courage. « Travailler à toujours, toujours, faire ce que l'on veut », nota-t-elle dans un carnet, en soulignant le mot répété.

Comme convenu, autour de 20 heures, Zelda et Bart arrivèrent dans ce lieu typique new-yorkais, le Gino's, où se côtoyaient tout aussi bien des hommes d'affaires que des gens modestes, plus occupés par leurs paris sportifs que par les derniers discours d'un jeune sénateur démocrate appelé à un destin national et dont les idées commençaient à faire leur chemin. Ce soir-là, le restaurant était noyé dans un brouhaha dont émergeait à peine la voix extraordinaire d'un inconnu, Elvis Aaron Presley, rendant hommage à sa mère et chantant *That's all right, Mama.*

Arrivant légèrement en avance, Bart eut le temps de choisir une table à part, dans une semi-obscurité qui ne devait rien à la configuration de l'espace – les lumières artificielles du dehors pénétraient facilement le restaurant, envahissant l'agencement intérieur aux allures de labyrinthe –, mais bien parce que les gens fumaient abondamment, le cigare de préférence, et que des halos compacts de fumée semblaient vouloir grandir, épouser les ampoules usées des différentes salles et se confondre en elles. Ou parfois revenir vers leur table d'origine.

Lorsque Zelda arriva, se frayant un chemin vers la petite table au fond, on eût dit qu'elle rebondissait comme une boule de flipper aux différents îlots animés, s'excusant à peine, car s'efforçant d'atteindre son objectif le plus discrètement possible. Elle aperçut Bart de dos, son chapeau encore mis, sur le point de se retourner.

— Vous êtes donc venue… Je ne suis pas surpris ! commença-t-il non sans une certaine assurance, qu'il jugea exagérée, la compensant par un sourire empreint d'humilité.

Elle l'impressionnait beaucoup. Si elle était habillée très simplement, son visage, qu'il distinguait à peine, tant l'endroit était mal éclairé, lui semblait d'une beauté réellement hors du temps, sans fard ni maquillage, d'un grain de peau extraordinaire, et ses traits doux lui apparurent plus encore lorsqu'elle retira ses lunettes sombres, dégagea légèrement vers l'arrière son foulard blanc et s'installa à ses côtés.

Équilibre parfait entre les lignes du haut — ces yeux, rieurs, moqueurs, parfois apeurés, jouant, jouant leur propre séduction, mais aussi complexés, et sous contrôle, un contrôle absolu, travaillé, et que soulignent les mouvements des cils, battant comme l'on applaudit, parfois tapis à la manière d'un horizon qui voudrait s'élever, épouser les courbes des sourcils, fins, légèrement torturés dans leur dessin et superbement indépendants l'un de l'autre, lorsque l'émotion est forte – et puis les lignes du bas – ces lèvres juste charnues à souhait et pourtant précisément découpées, toujours animées, prêtes à s'ouvrir et former toutes les lettres muettes qui soient, le « o » qui est surpris, le « a » qui apprend, et puis le « m », ultime réceptacle possible, pour d'autres lèvres, d'autres abandons.

— Oui j'ai l'habitude de faire ce que je dis, répondit-elle non sans malice. Et vous ? Je ne vois pas le Goya… Se pourrait-il que vous l'ayez oublié chez vous ?

— Non, bien sûr ! Mais malheureusement au moment où je m'apprêtais à quitter mon hôtel, la toile sous le bras, une vague de chaleur incroyable s'est abattue sur la chambre 406, la mienne, et j'ai dû protéger l'œuvre, qui risquait de fondre, en la glissant sous le lit. Le climat « sub-literie » m'y a semblé plus doux… Je suis sûr que vous m'approuvez ?

— C'est tout ce que vous avez trouvé ? dit-elle, feignant d'être sérieuse. Pourquoi n'avez-vous pas tout simplement pensé à soustraire la toile au terrible climat de la chambre 406 – car j'ai bien noté le numéro – en l'emmenant avec vous ?

— J'y ai songé, bien sûr, enchaîna-t-il, adoptant également ce ton sérieux que commandait l'affaire, mais les informations dont je disposais ne me permettaient pas d'affirmer que seule la chambre 406 subissait un tel traitement climatique. J'ai agi au mieux de vos intérêts et considéré que le dessous du lit était la meilleure issue possible.

Le silence de quelques fractions de seconde qui suivit cet échange maintint encore un peu le réel aux rives de l'absurde, puis leurs regards se croisèrent, dernier instant de jeu, goûté sous les masques, et ils rirent de bon cœur. Zelda ajouta :

— Ne seriez-vous pas en train de me suggérer, après deux minutes de conversation à peine, qu'il faudrait que je me déplace jusqu'à votre chambre d'hôtel, la 406, mais il doit y avoir beaucoup de chambres 406 à New York ! pour récupérer mon cadeau ? Vous ne manquez pas d'air… Monsieur le Français !

Ils rirent à nouveau tous deux et s'enquirent l'un de l'autre. Puis commandèrent du champagne, du Dom Pérignon.

La conversation, toujours mi-sérieuse mi-badine, roula d'abord, à la faveur d'un pauvre hère qu'ils avaient tous deux vu, hésitant à l'entrée du restaurant, sur les droits civiques des noirs américains :

— Thank God ! La ségrégation scolaire n'est plus ! Je crois qu'elle a été déclarée inconstitutionnelle, dit Zelda devenant sérieuse, visiblement concernée par les décisions récentes de la Cour suprême, dont Bart ignorait tout. Abraham Lincoln… Vous savez… Abraham Lincoln est mon idole absolue… Il aurait été terrifié s'il avait su qu'il lui faudrait attendre presque un siècle pour voir… enfin… pour que ses idées soient portées plus loin encore, finit-elle par dire, légèrement confuse, soucieuse de ne pas s'aventurer au-delà de ce que ses convictions lui permettaient de dénoncer.

— J'ai connu le rejet de l'autre, répondit-il curieusement, il y a fort longtemps…

Mais elle ne l'entendit pas. Comme au musée quelques heures plus tôt, l'attention de sa blonde cavalière était inégale et sa manière d'alterner entre sérieux et légèreté semblait lui donner des absences. Elle reprit du champagne, ou était-ce *l'autre* qui s'était invitée ?

Ils en vinrent à parler de cette chanson, *Rock around the clock*, qui enflammait New York depuis plusieurs semaines et permettait à Bart d'indiquer à sa partenaire qu'ils devaient en suivre les principes le soir même, décision de la Cour suprême, c'est-à-dire danser *till broad daylight*.

Cherchant à goûter au plaisir de l'instant, tout autant qu'à l'inscrire dans leurs chemins de vie respectifs, ils s'ingéniaient à en savoir plus l'un sur l'autre. Bart indiqua être à New York pour quelques jours seulement et exercer le métier de galeriste à Paris :

— Rentré en France, je pourrai vous envoyer de vraies toiles, ne vous en faites pas.

Il précisa qu'il avait complètement changé de voie après la guerre, préférant l'art à toute autre forme d'expression. Zelda resta, de son côté, assez mystérieuse sur ce qu'elle faisait dans la vie, surprise et ravie que *l'autre* n'ait été démasquée, mais lui indiqua être à New York pour son travail.

— Je suis née à Los Angeles. Tenez, regardez ! dit-elle, lui montrant une photo qui s'échappait de son sac à main et qu'elle voulut d'abord ranger, puis qu'elle lui tendit.

Le ton de la conversation changea alors. Zelda présentait la photo à Bart, mais, ce faisant, elle tremblait.

Et le simple fait de regarder l'image lui demandait un effort particulier.

— Je ne souhaite pas être indiscret, dit Bart, conscient du malaise et cherchant à y mettre fin.

— Non, pensez-vous. Je vous le propose.

Bart comprit plus encore, au ton de la voix et au sourire de Zelda, figé, que l'exercice lui était douloureux. Embarquée dans un geste initial de partage, elle faisait front avec cran et acceptait qu'un inconnu posât un regard sur un temps où *l'autre* n'existait pas encore. Et où Zelda, torturée, sortant à grand-peine d'une jeunesse qui l'avait conduite à se marier à 16 ans pour mieux éviter l'orphelinat, n'avait d'autre ambition que de *la* faire exister.

L'on y voyait une famille, exclusivement composée de femmes attablées dans un restaurant, chinois, semblait-il, tournant le regard vers l'objectif et s'efforçant de sourire. Zelda était, en fait, la seule à laisser éclater sa joie sur la photo, les autres personnages vivant de toute évidence un moment moins radieux.

— Ici, c'est ma mère ! Là, ma tante, mon autre tante… Ici, la sœur de ma tante… Et là, ma sœur !… Et j'allais oublier ma nièce, Mona Rae.

La photo datait de plusieurs années et Bart trouva charmant d'avoir ainsi une famille unie, même s'il s'étonnait qu'elle fût, à ce point, féminine. Le jeu des visages l'intriguait : la mère ignorait l'objectif et était amusée par un événement extérieur, qui devait se trouver derrière le photographe. La sœur de Zelda, quant à elle, aussi surprise que sa fille était sérieuse, ne fixait pas non plus le photographe et portait son regard encore plus loin ; l'une des tantes, le visage sévère, s'intéressait à ce qui était posé devant elle, contrastant avec Zelda, sur sa gauche, prise de trois quarts, légèrement penchée en avant pour mieux apparaître sur la photo, belle et souriante dans ce qui semblait être l'insouciance de ses 20 ans.

Volubile et tremblante, Zelda expliquait tous les détails de la photo : la table trop petite pour elles – « C'est que même pour ma nièce qui était si jeune alors, il fallait un couvert ! » –, de quel jour il s'agissait – « Un dimanche, c'est sûr ! » –, et puis le nœud dans les cheveux de sa mère.

— Votre mère devait être heureuse avec toutes ses sœurs ?

— Ses sœurs ? Quelles sœurs ? Mais ce ne sont pas vraiment ses sœurs ! fit-elle, se détendant et esquissant un sourire. Juste des amies. Mais je les ai toujours appelées mes tantes. Grâce, en particulier, qui est ici, à ma droite, était une collègue de ma mère avant de devenir sa meilleure amie.

Bien des années plus tard, Bart comprendrait peut-être le drame de cette photo, point de départ d'une douleur lancinante qui accompagnerait Zelda toute sa vie. Non, sa mère, Gladys Baker, n'avait jamais été heureuse, en tout cas pas souvent, et la sœur dont parlait Zelda avec émotion était en fait sa demi-sœur, plus âgée qu'elle de sept ans. À l'époque de la photo, c'était la seconde fois qu'elles se voyaient, car Berniece, c'était son nom, n'avait pas vécu avec sa mère, lui ayant été soustraite très tôt. Ce jour-là, la mère de Zelda accueillait donc sa première fille, Berniece, âgée alors de 27 ans, pour un court séjour chez elle, ou plutôt chez l'une des « tantes » de Zelda, car Gladys n'avait plus de chez-soi pour héberger sa famille.

Zelda tremblait d'émotion à la vue de sa mère qui affichait, ce jour-là, un sourire aussi innocent que perdu. Elle en savait le décalage avec la réalité. Mais qu'elle lui en savait gré, à ce sourire, le sourire de sa mère, de masquer l'effort des apparences que l'on cherche à sauver. Oh, oui ! Qu'il la touchait, ce sourire d'une Gladys désireuse de reconstituer un tissu familial fragile, à la faveur d'un repas, entre deux séjours en hôpital psychiatrique ! Si sa mère ne fixait pas l'objectif et semblait amusée sur la photo, aucune personne attablée ce jour-là n'aurait su dire pourquoi. Ni n'en aurait cherché la cause.

C'était ainsi.

II. FLAPPER GIRL

4.

Presque trente ans plus tôt, la mère de Zelda avait bien toute sa tête et faisait surtout tourner celle des hommes qui avaient le malheur de jeter leur dévolu sur elle. Habitant dans un quartier pauvre du temple naissant de l'industrie cinématographique, Hollywood, Gladys avait très tôt eu des prétentions artistiques, s'imaginant bien jouer de son joli minois, de ses cheveux roux, presque incandescents, pour atteindre la gloire et l'argent que les studios promettaient.

Et accessoirement, pour oublier l'atavisme cruel qui planait au-dessus de ses rêves. Ses parents montraient déjà les signes d'une démence qui allait tous deux les emporter, l'un d'une syphilis « montée au cerveau » comme l'on disait à l'époque et l'autre, plus simplement, d'une excessive paranoïa, que la misère et le dénuement achèveraient de transformer en folie douce. Internés tous deux, alors que Gladys était encore adolescente, ils furent un frein aux rêves de la jeune Gladys et leur fin tragique, connue de Zelda, affecta également, des années durant, l'équilibre psychique de leur petite-fille.

Luttant contre sa mauvaise fortune, la mère de Zelda crut pourtant un moment qu'elle se hisserait au firmament du cinématographe, comme Méliès, outre-Atlantique, avait réussi à envoyer sa fusée dans la lune. Jouant de son charme, qui était réel, ou plutôt irréel aux dires des hommes qui la côtoyèrent dans la beauté de sa jeunesse, elle pouvait espérer s'attacher le portefeuille de quelque amoureux fortuné, idéalement producteur, exploitant ou simple propriétaire de salles. William Fox n'avait-il pas démarré ainsi ?

Oui, Gladys était d'une beauté inouïe : sûre d'elle et de son effet sur les hommes, elle savait composer une expression qui partait du bas du visage, le menton légèrement relevé, la bouche à peine ouverte, découvrant des dents que l'on devinait fines et bien rangées, l'ensemble étant magnifié par un regard que l'on pouvait prendre pour du dédain, mais qui ne faisait que traduire une farouche volonté de ne pas céder facilement aux avances dont elle était continuellement l'objet, volonté affichée et soulignée par des paupières à moitié tombantes, hautaines ; même si précisément ces yeux mi-clos pouvaient, aux plus audacieux, donner l'impression d'une invite à aller plus loin, à engager de douces hostilités.

Un équilibre subtil qu'elle dosait avec perfection et qui pouvait rendre fou.

À 16 ans, son expérience de la vie n'était pourtant pas suffisante pour miser sur le bon cheval et la faiblesse de son caractère la détournait trop facilement d'un objectif de gloire que seuls le travail, la recherche de relations sérieuses et la chance lui eussent permis d'atteindre. Mais Dieu qu'elle aimait faire la fête avec ses amies, s'amuser et oublier ce contexte familial qui l'épouvantait ! Boire, danser et discuter des heures, tout au long de la nuit, avec des inconnus, telle était sa raison de vivre, ou plus exactement de s'oublier de vivre.

Elle pouvait s'extasier devant la photo arrachée d'un journal montrant Rudolf Valentino en prince turc, ou prendre parti pour cette pauvre Linta Murray, 16 ans comme elle, qui avait réussi à s'attirer les faveurs d'une des plus grandes stars de l'époque, Charlie Chaplin, et en était tombée enceinte. Oh oui ! Et puis, aussi, discuter toute la nuit de cette nouvelle drogue qui avait rendu fous les convives de la dernière soirée fastueuse organisée par Marion Davies, dans son manoir au luxe oriental inimaginable. Autant d'objets d'enthousiasme pour une Gladys qui brûlait la vie par les deux bouts et que l'actualité du cinéma attirait sous toutes ses formes, fussent-elles les moins glorieuses.

Le scandale Chaplin l'avait tout particulièrement marquée. Pourtant préoccupé par le retard que prenait le tournage de son film *The kid*, Chaplin n'avait su résister et avait fondu sur Linta Murray – chaperonnée par son intrigante de mère –, ravissante ingénue, facile à séduire sur le plateau, entre deux scènes. Il n'avait pas anticipé la menace que constitueraient des ligues de vertu au pouvoir grandissant, relayées par des journaux dont la tentation de verser dans le sensationnalisme était déjà évidente, et qui n'allaient pas manquer de lui faire payer les vingt ans d'écart qu'il rendait à l'actrice, tout autant que le statut de mineure de celle-ci. La question tournait autour de l'obligation qui lui serait faite de l'épouser, pour éviter la prison :

— Moi, je serais Linta, je n'hésiterais pas ! À moi le mariage, les villas somptueuses, les fêtes, la belle vie…, disait Gladys.

— Oui… Et je suis sûre que tu demanderais, en prime, le premier rôle pour son prochain film !

— Pour sûr !… Et d'ailleurs à quoi sert l'argent sans la gloire ? s'esclaffa-t-elle. Ha ! Ha ! Ha !… Mais je crois que j'essaierais aussi d'aider maman…, ajouta-t-elle, plus sérieusement. Je lui ferais faire tous les examens médicaux possibles. Il paraît que de nouvelles découvertes ont été faites sur le cerveau.

— C'est surtout ton cerveau qu'il faudrait changer ! trouva bon de préciser son amie, ivre morte.

— D'abord, je lui demanderais de m'acheter un éléphant blanc ! Comme pour cette fête somptueuse la semaine dernière ! Tu as vu les photos ? Je ne sais plus où c'était… Sur les hauteurs de Beverly Hills, je crois… C'était beau ! Il y avait des fontaines partout, des statues en or et des éléphants blancs !

— Des éléphants blancs ? Ça existe ?

— Mais non, bêtasse ! Mais la peinture blanche, oui !

Gladys sortait ainsi souvent, le plus souvent avec son amie Merle, qu'elle appelait Filoche, pour ses cheveux d'une extrême finesse, qui lui faisaient parfois une tête d'épouvantail, malgré des traits très doux, et avec laquelle elle pouvait rêver et discuter toute la nuit. Et puis, danser pour oublier. Se faire offrir des verres aussi, souvent payés par un jeune de l'usine située à côté, toujours le même type de prétendant, la casquette vissée sur le crâne, le regard fuyant et la bouche constamment tordue par un rire idiot.

Gladys avait d'ailleurs fini par succomber à l'un d'eux, un dénommé Jasper, et s'était rapidement trouvée enceinte, une première fois à 17 ans, une seconde fois un an plus tard, toujours de Jasper. Bien sûr, les deux tourtereaux – Jasper avait huit ans de plus –, s'étaient-ils mariés rapidement, mais le début de la descente aux enfers avait alors commencé pour Gladys. Adieu rêves de gloire et de fortune ! Mère à un âge où son instinct ne lui dictait que la fête, le flirt et l'alcool, sans soutien aucun de la part de ses parents, Gladys avait dû se résoudre à trouver un travail, car les émoluments de Jasper étaient très insuffisants pour nourrir quatre bouches. Et puis, elle détestait l'idée de ces heures passées à pouponner à domicile. Elle avait, en tout cas, provisoirement décidé de faire le deuil de sa vie dissolue et de ses amies, celles-là mêmes qui lui disaient, parlant de ses enfants et regrettant qu'elle ne puisse se joindre à elles à cause d'eux :

— Mais tu ne peux pas les laisser à Jasper, ce soir ? Tu as 19 ans, Gladys, il peut le comprendre ! Sinon tu vas devenir folle…

De travail, elle n'en avait point trouvé de fixe, toujours un patron pour chercher à profiter d'elle, toujours des conditions misérables qui la faisaient renoncer rapidement. De déception en déception, malgré ses bonnes résolutions initiales, elle avait fini par retrouver le rythme soutenu des escapades festives et nocturnes avec Filoche et les autres. À la voir s'agiter sur les pistes de danse, aux syncopes naissantes du jazz ou plus affirmées du charleston, Gladys ne donnait pas le sentiment de vouloir renoncer à sa jeunesse. Elle aimait vivre. Et vivre, c'était s'oublier dans l'alcool et la transpiration des hommes. Oublier la folie annoncée. Vivre comme dans un sursaut désespéré, dans la prescience du mal qui la rongerait vingt ans plus tard et lui donnerait cet air absent sur des photos familiales.

C'est, en tout cas, beaucoup plus tard que Zelda naîtrait et Jasper n'en serait pas le père, car Gladys avait encore quelques partitions douloureuses à jouer dans le cœur des hommes.

5.

Lorsque Gladys décida ce soir-là de rentrer dans son petit bungalow pauvre, en bordure de Sunset Boulevard, elle pressentit que ce qui l'y attendait avait toute chance d'être un moment difficile à vivre : une scène de rupture, peut-être violente, avec son nouveau mari, Edward, épousé à la va-vite six mois plus tôt.

L'idée de devoir affronter Edward la terrifiait, énième péripétie d'un chemin de croix commencé très tôt. Elle avait eu beau chercher à chaque fois à rebondir, à rester du côté du soleil, de la vie. Non, la misère, le dénuement et la honte avaient toujours fini par triompher. Et Gladys, malgré une nature optimiste, désinvolte et joyeuse à la fois, savait que les seuls instants où elle dominait les éléments étaient ceux où son état d'ébriété était avancé, où elle ne s'appartenait plus et où les hommes ne voyaient et ne désiraient qu'elle ; parce qu'elle montait sur une table en repoussant du pied tout ce qui s'y trouvait, en jouant de son corps au rythme d'une musique déchaînée, et parce qu'alors, personne au monde ne l'égalait dans la furie de ses sens.

Son premier mari, Jasper, n'avait pas accepté sa vie dissolue et, tout amoureux qu'il était, il n'avait pas admis qu'elle rentre souvent à l'aube, exténuée et saoule, incapable de s'occuper de leurs enfants. Après plusieurs mois d'un quotidien misérable, terrible et violent, ils avaient fini par divorcer. Des scènes épouvantables les avaient opposés et la vie commune leur était devenue impossible. Gladys avait obtenu la garde des enfants, car, si elle n'avait pas tous les attributs de dignité attendus chez une mère, la réputation de violence qui collait à Jasper avait largement dépassé le cadre familial et les juges en avaient tenu compte dans leur décision.

Revenue vivre chez sa mère, mais toujours attirée par la fête, l'alcool et les hommes, Gladys savait combien son attitude de jeune mère noctambule avait pu sembler déplacée à ses proches. Ses habitudes n'avaient pourtant pas changé et c'est seulement lorsqu'elle revenait chez elle, à peine dégrisée, descendant péniblement les marches de la nuit, qu'elle prenait conscience de son indignité, se recroquevillait sur elle-même et pleurait en silence. Sa situation allait rapidement se détériorer. Au printemps 1921, Jasper avait profité d'un week-end où il avait la garde des enfants pour les kidnapper. Emmenant la petite Berniece et le petit Jack, l'aîné, il avait pris le premier train pour son Kentucky natal où l'attendaient ses parents. Valises à la main et baluchons en bandoulière, bourrés de coton, serviettes et autres vêtements pour enfants, Jasper s'était résolu à cette nouvelle vie sans se soucier de la violence infligée à une mère indigne que l'époque ne protégerait d'ailleurs pas dans ses droits.

Le traumatisme imposé à Gladys fut immense et brisa les quelques digues de raison qui lui restaient. Comme un funambule prend conscience, à l'instant précis où il tombe, que chercher à défier les équilibres du monde se paie toujours comptant, Gladys avait tout de suite reconnu la malédiction, comme si elle s'y était préparée de longue date. D'abord anéantie, elle s'était réfugiée chez elle, prostrée, et n'avait osé affronter le regard et les commentaires malveillants des voisins amusés : « Où sont-ils passés, les petits ? », « Il paraît que monsieur Baker a laissé tomber sa valise par terre, juste avant de prendre le train, qu'elle s'est ouverte et qu'il a failli rater le départ », « Heureusement, il avait toute sa tête, lui... Ah, ça ! Il a bien fait de partir... Il aurait dû le faire depuis longtemps ! »

Après quelques jours d'abattement, Gladys avait pourtant décidé de lutter. Jasper avait beau lui avoir écrit que jamais elle ne reverrait ses enfants, elle savait comment le faire fléchir et comptait bien l'amadouer, comme elle avait si bien réussi à le faire jusqu'ici. Las, Gladys ignorait qu'elle jouait là le premier mouvement d'une fugue dont les dernières mesures seraient faites de soupirs et de silences, cinquante ans durant.

Reprenant des forces et soucieuse de se présenter devant ses enfants attentionnée et affectueuse, elle avait patiemment remonté la pente et cessé ses sorties alcoolisées. Retrouvant un semblant de dignité en annonçant vouloir revoir ses enfants « ... que leur père avait emmenés voir leurs grands-parents... », disait-elle alentour, Gladys se jouait la comédie de l'espoir. Elle avait effectivement pris un train, un bus, puis fini à pied pour apercevoir enfin la petite demeure en bois qui abritait la famille de Jasper, ses parents, ses deux sœurs et, depuis peu, ses enfants. Mais Jasper s'était montré intraitable, était resté sourd aux accents sincères de celle qu'il aimait pourtant encore et n'avait pas ouvert.

C'est donc l'ombre d'une jeune femme de 22 ans qui était revenue à Los Angeles, dépossédée de ses deux enfants. Anéantie et brisée. Gladys ne reverrait jamais son fils, qui devait mourir précocement en pleine adolescence. Quant à sa fille, Berniece, Gladys n'aurait plus toute sa raison lorsque le lien serait renoué, en de rares occasions, plusieurs décennies plus tard.

Lentement et une fêlure de l'âme pour étendard, elle reprit le cours de sa vie, ses virées nocturnes entre filles, et noya son chagrin dans le travail la journée, l'alcool et les bras des hommes le soir.

Elle repensait ainsi à ces mois passés à remonter la pente lorsque, quittant ce soir-là les studios de la Consolidated Film Industries où elle travaillait depuis peu comme technicienne, coupant des négatifs à longueur de journée, elle se remémorait sa rencontre avec ce second mari, Edward. Cet homme l'avait sortie de ses cauchemars à répétition, de sa culpabilité de ne pas être avec ses enfants et lui avait permis, un temps, de reprendre une vie à peu près normale. Avec un brin de nostalgie, elle revoyait leur rencontre dans un bal, l'été précédent, le charme des premiers rendez-vous, son empressement et puis le tourbillon dans lequel il l'avait entraînée quelques mois plus tard, la demandant en mariage. Dire qu'elle fut jamais séduite par cet employé d'une compagnie d'installation du gaz serait exagéré et son côté sérieux, presque austère – elle apprendrait par la suite son éducation stricte luthérienne – avait fini par lui peser.

C'est vraiment lorsqu'elle partagea son quotidien, l'accompagnant au presbytère une fois par semaine – il aimait aider le pasteur du coin –, ou encore l'entendant travailler jusque tard dans la nuit, dans ce petit local qu'il avait aménagé pour réparer de vieilles motocyclettes, qu'elle commença à étouffer. Elle l'attendait sagement dans leur modeste bicoque à flanc de colline, dans la banlieue du quartier de Broodland.

Rapidement, Gladys avait voulu s'évader.

Ses démons l'avaient reprise et l'envie de s'amuser avait été plus forte. Si elle s'abstenait désormais de sortir jusqu'à point d'heure, elle avait appris à jouer de son charme chaque fois que l'occasion se présentait. Et le contexte de son nouveau travail lui en fournissait la matière.

La Consolidated Film Industries était encore à peine naissante et s'était installée aux flancs des collines de Hollywood, jouxtant quasiment les différents studios, la RKO Pictures, la Paramount, la Metro Goldwin Mayer et la future 20th Century Fox. Celles-ci se livraient déjà une guerre sans nom, lançant de nouvelles étoiles à grand renfort de publicité ou débauchant les plus grands scénaristes. En contractant avec des entreprises comme la Consolidated Film Industries pour des activités connexes, techniques, mais nécessaires, les studios pouvaient concentrer leurs efforts sur la couleur du ceinturon d'un Marion Mitchell Morrison, qui se ferait appeler plus tard John Wayne, ou la coiffure d'une Clara Bow alors au firmament de sa gloire.

Tout cela sans penser encore à l'incroyable révolution qu'allait constituer l'arrivée du cinéma parlant, pourtant proche, entraînant avec elle son cortège de carrières brisées.

Le travail de Gladys consistait à couper des films négatifs aux bons endroits, suivant en cela les indications très précises des réalisateurs, inscrites à même la pellicule, puis à remettre les chutes au département « de montage » qui devait les assembler et les coller. Alors que, de ses mains expertes dépendaient les frissons à venir de milliers de spectateurs, appelés à se pâmer devant John Gilbert, découvrir la « gueule » de James Cagney ou idolâtrer une Jean Harlow débutante, Gladys avait surtout rendu heureux un certain Stanley Gifford, récemment nommé contremaître dans le service où elle travaillait, et à qui elle avait fait apprécier toute l'étendue de ses talents, à genoux, porte fermée, pendant une pause. Les choses n'en étaient pas restées au stade de la génuflexion et les deux amants avaient rapidement jugé que vérifier la bonne coupe des pellicules d'un film pouvait être un exercice terriblement érotique, rejouant les scènes de baisers et les poussant au-delà des limites de ce qu'en eût accepté un William Hays, déjà président de la Motion Pictures Producers and Distributors Association, ancêtre de la redoutable institution de censure qu'il créerait par la suite.

Edward avait fini par apprendre l'existence de ces scènes rejouées et en était devenu fou de rage. Malgré une discrétion que les deux amants avaient voulue absolue, Gladys ne comptait pas que des amis dans son service et les commentaires étaient allés bon train.

Non de jalousie, mais d'amour, la réaction d'Edward avait été violente : il s'était jeté à ses pieds lui révélant qu'il « savait », mais qu'elle « était tout pour lui », qu'il lui pardonnait, qu'il avait conscience qu'il avait beaucoup de chance et que si elle lui en laissait le temps il allait tout faire pour se faire à nouveau aimer d'elle. Réaction pitoyable qui ne lui valut, ce jour-là, qu'un mépris mérité.

Ce soir, les choses risquaient pourtant bien d'être différentes. Gladys sentait qu'Edward avait abandonné l'idée de la reconquérir – ce qui, d'une certaine manière, la soulageait – et qu'il avait lentement basculé dans une violence retenue, nourrie d'amertume et de désespoir mêlés. Il lui fallait éviter de se montrer par trop dominatrice, sûre d'elle et de son pouvoir sur son homme. Elle devait à tout prix se contrôler.

— Je t'attendais.

— Je le sais bien, Ed. Nous devons parler… Mais ce soir, je suis fatiguée et je sais ce que tu vas me dire. Et tu sais ce que je vais te répondre et tout cela ne nous mènera nulle part, commença-t-elle.

— Mais, Gladys… Gladys, je suis ton mari ! Bon sang ! explosa-t-il.

Puis se reprenant et songeant aux malheurs qu'avait dû traverser Gladys par le passé, malheurs dont la seule évocation l'empêchait de se départir d'une affection pour elle, sorte de relent d'un amour qui ne veut échouer à mi-course, il crut bon d'ajouter :

— Je ne suis pour rien dans tout ce que tu as vécu depuis des années et tu sais que si j'avais pu te donner l'enfant que tu désires… celui qui aurait tout effacé… j'aurais été le plus heureux des hommes.

Puis, se reprenant, après un moment :

— Mais qu'est-ce que tu cherches Gladys ? Veux-tu décidément tout gâcher ? Ta vie ? Celle des autres ?

Gladys n'éprouvait que du mépris pour ces questions qui n'avaient pas de sens. Peut-on lutter contre soi-même, se disait-elle ? De ses malheurs anciens, elle s'était épanchée auprès d'Edward dès le premier jour, et cette famille et ces enfants, qui vivaient loin d'elle et devaient la détester autant qu'elle les chérissait, étaient leur secret. Pour autant, elle ne s'était jamais véritablement livrée et la vitalité monstrueuse qui l'habitait, cette envie de sortir du cadre, de vivre l'instant comme le font les stars sur pellicule, de manière sublimée et unique, était connue d'elle seule. Elle n'en discernait pas les germes mortels qui l'abattraient quelques années plus tard et la mureraient dans un silence que même sa future fille, Zelda, ne pourrait briser.

— Edward, je veux que l'on se sépare, dit-elle, dans un souffle.

— Gladys ! Tu dis n'importe quoi ! Je t'aime et je t'aiderai à surmonter cela ! Moi aussi, j'ai eu ma dose par le passé et on finit toujours par remonter la pente, crois-moi ! Pour peu qu'on s'aime… On ne noie pas son chagrin dans les bras des autres, mais en retrouvant l'épaule de son mari… En reconstruisant un vrai foyer pour sa famille, en recouvrant sa dignité, par le labeur, la foi et l'espoir.

Du haut de ses 26 ans, Edward avait, lui aussi, plusieurs vies derrière lui. Né en Norvège, il avait quitté sa femme et ses trois enfants à l'âge de 20 ans pour tenter l'aventure de l'Amérique. Ses heures les plus sombres, il les avait vécues lorsqu'il avait embarqué pour la traversée de l'Atlantique, noyé de culpabilité et le cœur pourtant rempli d'un espoir sourd. Celui de réussir ailleurs, peut-être faire fortune. Abusivement, il s'était souvent fait la réflexion que Gladys et lui étaient peut-être seuls au monde à comprendre ce que pouvait être la douleur de laisser des enfants derrière soi. D'avoir déjà dû repartir de zéro, à 25 ans à peine.

Mais contrairement à Edward, Gladys ne regrettait pas un choix qu'elle n'avait pas fait, mais bien plutôt celui de Jasper, son ex-mari, qui ne lui avait pas pardonné sa vie dissolue et l'avait laissée dans une misère absolue, lui enlevant ses enfants.

Gladys n'entendait plus les paroles d'Edward, ses suppliques, devrait-on dire, et s'enfermait dans une attitude faite du déni de soi. À quoi bon reconnaître le péché ? Qu'est-ce que cela pouvait bien rapporter ici-bas, d'être honnête, droite et loyale ? Oh, bien sûr ! Elle comprenait la douleur infligée aux siens lorsqu'elle se laissait aller à ses démons. Son esprit n'était pas dérangé au point de confondre le bien et le mal, mais, dans ces moments où elle s'abandonnait aux désirs d'inconnus, une simple douleur à la poitrine, diffuse, faible, une douleur presque plaisante, l'étreignait. Et ne l'empêchait pas de commettre l'irréparable. En ces quelques secondes d'hésitation où il était encore possible de résister, de ne pas céder à la facilité du plaisir, elle cédait pourtant, dans la fureur de ses sens. Coucher avec quelqu'un. Ces choses-là arrivaient, c'était tout. Et Gladys n'avait pas envie d'en dire plus.

Si elle avait dû dévoiler ses pensées, en cet instant qui l'opposait à Edward, elle aurait parlé de Gifford, qui était déjà pour elle beaucoup plus qu'un amant de passage et qui, dès son arrivée au département où elle travaillait, à la Consolidated Film Industry, avait cherché à la séduire. Le bureau, la porte fermée, à genoux. Les choses étaient allées très vite.

— Edward, je ne t'aime plus. J'en aime un autre, s'entendit-elle dire, ce qui était à la fois inutile et cruel.

— Gladys ! hurla Edward. Comment peux-tu me dire cela ? Qui est-ce ? Gifford ? J'en étais sûr ! Comment est-ce possible ?... (Puis, reprenant son souffle) Tu es une traînée !

Gladys n'écoutait plus. Son esprit avait pris son envol sur le mot « traînée » qui la ramenait quelques années en arrière, à ces soirées de folie qu'elle passait avec Filoche où toutes deux s'amusaient à imiter les danses les plus improbables, montant sur les chaises, les tables, et repoussant dans un fracas vaisselles, verres et tout ce qui se trouvait à portée de leurs talons.

Pendant plusieurs semaines, elles s'étaient ingéniées à devenir des *flapper girls*[4] – jupe courte, coupe au carré, cigarette à la lèvre, flûte de champagne continuellement à la main et sexe facile. *Traînée... Oui, je suis une traînée ou en tout cas, l'ai-je été*, pensait-elle à part soi, *mais je n'y peux rien*.

Louise Brooks, Joan Crawford, Clara Bow... Que de soirées en leur nom et en leurs frasques Gladys et Filoche avaient-elles pu célébrer !

---

[4] Une « Flapper » est le nom que l'on donnait aux jeunes femmes aux mœurs faciles, dans les années 1920, et dont l'actrice Louise Brooks était l'archétype.

6.

Depuis qu'elle avait annoncé à son second mari qu'elle le quittait, Gladys, telle une libellule se mouvant de manière brusque et saccadée dans l'espace, semblait pouvoir rebondir d'homme en homme sans réelle raison, s'arrêtant un instant, suspendue dans son vol, le temps de tomber amoureuse et d'épuiser, jusqu'à plus soif, la fontaine d'un désir. Puis, repartant soudainement à la recherche d'un air et d'une jouissance meilleurs. Ce Gifford, tout de même, la maintenait en émoi plus longtemps que beaucoup d'autres et, si elle lui avait certes été infidèle souvent, entretenant plusieurs relations charnelles en parallèle, comme autant de formes d'oubli de soi, Gladys nourrissait un réel sentiment pour cet homme racé, à la fine moustache découpée.

Les circonstances allaient lui donner l'occasion d'en faire l'objet d'un vrai projet de vie. En cette fin d'année 1925, Gladys avait fini par tomber enceinte à nouveau et, dans la confusion naissante d'un esprit que les années allaient s'ingénier à faire rendre grâce, elle s'imaginait avoir enfin trouvé le bonheur, loin de son premier mari, Jasper Baker, qui l'avait reniée, et débarrassée du second, Edward Mortenson, dont il lui faudrait néanmoins encore divorcer.

Toute à son Gifford qui avait été promu et exerçait désormais son autorité sur tout le service de montage, Gladys n'aurait pu tout à fait jurer qu'il était le père de l'enfant à venir. Lorsqu'elle se concentrait et réfléchissait aux moments de fragilité où elle avait pu, au cours des dernières semaines, céder à des avances masculines plus pressantes que d'autres, la paternité de Gifford lui semblait tout de même le scénario le plus plausible. D'une certaine manière, c'était lui qu'elle avait désigné pour ce rôle.

À bien y réfléchir, il y avait pourtant eu ce Terry, stagiaire récemment arrivé à la Consolidated Film Industries. Il avait insisté, un soir, pour qu'elle l'accompagne à une fête donnée en l'honneur d'une jeune femme qu'elle ne connaissait pas et qui, selon Terry, était une *Ziegfeld girl*.[5] La compétition battait son plein entre Broadway et la Californie, mais New York tenait le haut du pavé par la qualité des spectacles proposés, mélange de music-hall et de revues légères. Cette Donna « quelque chose » – Gladys ne se souvenait plus du nom de la *Ziegfeld girl* et d'ailleurs l'avait-elle jamais su ? – avait en tête de monter quelque chose d'équivalent dans un des nombreux théâtres de la Côte Ouest et recherchait des jeunes femmes capables de danser et chanter. Le tout en tenue légère et, idéalement, avec talent. Terry avait si bien vendu l'idée à Gladys que celle-ci s'était prise à rêver pour elle de gloire, d'argent et de moments magiques sur scène. Mais la soirée ne s'était pas déroulée comme prévu.

---

[5] Les « Ziegfeld Girls » étaient les filles de la troupe des spectacles Ziegfeld Follies de Florenz Ziegfeld inspirés par les Folies Bergères de Paris et dont les productions ont débuté en 1907 à Broadway.

Terry et Gladys avaient commencé par l'attendre dans un bar, avaient commandé des verres, puis s'étaient mis à danser pour mieux passer le temps. Parce que la musique, mélange de Charleston et de Black Bottom, était décidément bien entraînante, les corps s'étaient rapprochés, d'abord insensiblement, et puis, de manière plus franche, l'alcool désinhibant tout ce qui restait de raison et contrôle de soi. Sans qu'elle se souvienne de tout, Gladys gardait tout de même en tête un épisode qu'elle passa dehors, près d'une dépendance jouxtant le club dans lequel ils s'étaient arrêtés, prise avec fureur par Terry, après qu'ils eurent tous deux roulé par terre et qu'elle se soit laissée aller, les yeux grands ouverts, tournés vers les étoiles.

En ce soir de décembre, Gladys devait, d'une certaine manière, décider du père de son futur enfant, s'en convaincre elle-même et ce père ne pouvait pas être Terry. *Ce n'est pas possible*, se disait-elle, *il ne suffit pas d'une fois* ! Un enfant qu'elle était enfin prête à accueillir, dans la relation apaisée d'un amour partagé. Pensait-elle.

Franchissant les quelques mètres qui la séparaient du bureau de Gifford, Gladys ne fit pas, ce jour-là, attention à une remarque qui s'échappait du brouhaha, quelque chose comme : « Ah ! La pause du patron a sonné ! », suivi de rires étouffés. Continuant fière et droite vers son but, elle poussa de ses genoux une petite porte à battants et frappa à celle du chef du département.

— Stanley, je peux entrer ?

— Vous pouvez toujours entrer, chère Mademoiselle Baker ! commença à plaisanter Gifford, insistant sur le mot *toujours*, du moment que vous ne venez pas m'ennuyer avec le lot de coupures 36 ! Je sais bien que nous avons eu un souci, mais j'ai eu le responsable…

— Stanley ! Je ne viens pas vous parler de travail !

— Je le sais bien ma chère… Vous ne venez dans mon bureau que pour vous soumettre à la loi de l'homme, celle du puissant qui vous opprime et vous rend heureuse à la fois, répondit-il en se levant de sa chaise et s'approchant doucement d'une Gladys visiblement plus fébrile que d'habitude.

Avant qu'elle n'ait eu le temps d'ajouter quoi que ce soit, leurs lèvres s'étaient effleurées, puis collées, furtivement. Décidément Gladys était vraiment nerveuse. Elle détourna le regard et fit un pas de côté, comme pour mieux prendre un élan verbal que son émotion retenait.

— Stanley, dis-moi que tu es heureux avec moi ! Stanley…

— Je suis assez fier de votre travail, Mademoiselle Baker, oui. Je dois dire que vous mettez beaucoup d'ardeur à satisfaire votre hiérarchie et dans ce sens…

— Stanley…, je suis enceinte !

Un silence s'installa. Prenant conscience d'une nouvelle qui le faisait descendre, de manière vertigineuse, des délices d'une relation légère avec une très jolie femme, à la perspective, qu'il jugeait désespérante, d'une vie commune avec une écervelée, Gifford sentit qu'il devait changer de registre et se départit immédiatement de son humour badin. Bien qu'ayant toujours su jouer le rôle de l'amant enflammé, tout autant que celui du confident, quand il arrivait que Gladys, en proie à certaines angoisses, lui dévoile ses tourments, ses cauchemars, ses craintes, il était tout à fait certain qu'il ne saurait jamais jouer celui du compagnon. Et, encore moins, du mari. Il se composa d'abord une attitude qu'il voulait digne. Abhorrant l'idée même d'une paternité qui lui serait imposée, mais n'en laissant rien paraître, il commença avec douceur par quelques mots inoffensifs, le temps de prendre la mesure de l'adversité :

— Quoi ? Mon amour, c'est vrai ? Mais cela se peut-il ?

— Oui Stanley, je suis sûre de moi ! N'est-ce pas merveilleux ?

— Oui, mais… allons, allons, on n'est jamais sûr de ces choses-là. J'ai vu dans ma vie beaucoup de cas de grossesses espérées qui n'étaient, finalement, que des étourderies, des tromperies médicales.

— Comment, mais…

— Et puis, que sais-tu du père ? Nous nous connaissons depuis… Laisse-moi réfléchir… Je venais d'être nommé, mais ne m'as-tu pas dit que tu voulais oublier dans mes bras l'ombre de ton ouvrier de mari ? Et puis, d'ailleurs tu n'es pas divorcée et je sais ce que c'est que le devoir conjugal… Je me suis suffisamment battu pour y échapper !

Gladys continua un instant à chercher, dans le regard de Gifford, l'ombre d'une joie dissimulée, peut-être par pudeur. Mais rien. Tournant les talons et ne l'écoutant déjà plus, elle voulut sortir en courant du bureau, mais sentit monter en elle une énergie formidable, comme accumulée et prête à se déverser. Une rancœur inouïe contre le sort. Contre cette fatalité qui la rabaissait depuis ses 17 ans et sa première grossesse.

Entrant en une véritable furie, elle se précipita en hurlant contre Gifford.

— Vermine ! Comment peux-tu ? Comment oses-tu me rejeter ? Ne faisais-tu que profiter de moi ? (puis, reprenant son souffle) Scélérat ! Je te le ferai payer comme je le ferai payer à tous ceux qui se mettent en travers de mon chemin ! Tu m'entends ?... Gladys Baker, souviens-toi de mon nom !

Gladys était furieuse, mais ses mots exprimaient des choses que le ton de sa voix contredisait et rapidement ses larmes trahirent sa faiblesse innée.

— Attends, Gladys... Je vais prendre soin de toi, calme-toi ! Si tu es sûre de toi, je connais quelqu'un. Cela va s'arranger.

Les quelques mois que Gladys passa, par la suite, à la Consolidated Film Industries furent un calvaire indicible. Partagée entre la formidable vitalité que lui procurait sa grossesse, cette promesse d'un être autour duquel reconstruire, et cette honte grandissante, germée en elle par la lâcheté d'un homme qu'elle continuait d'aimer, Gladys maintenait, à grand-peine, une structure mentale vacillante. Aurait-elle pu imaginer que trente ans plus tard, de l'autre côté du pays, à la faveur d'une journée d'automne qui s'étirerait mollement dans sa torpeur froide, sa fille, qu'elle portait alors comme l'on porte un fardeau, serait rappelée à elle, Gladys, et ses amours défuntes ? Tout cela, à la faveur d'une rencontre avec un inconnu, héros d'un continent si loin. Dans un musée.

Sans que tous les protagonistes en fussent conscients, ces journées qui se faisaient écho allaient constituer une parenthèse d'incompréhension dans leurs chemins de vie faits d'étoiles, de solitudes et de larmes. Et de renaissance. Gladys n'en saurait rien.

Mais dieu qu'elle aurait aimé la vivre, elle aussi, cette soirée d'automne 1954 à New York ! Avec toute sa tête, sa fille et, peut-être, son amie Filoche. Non, trente ans plus tard, elle serait seule.

Dans une institution psychiatrique, à Los Angeles.

III. RÉSISTANCES CROISÉES

7.

D ans ces instants où la vie peut basculer par inattention, lorsque le redouté se présente enfin, dans le vert de l'uniforme ennemi ou dans la consonance étrangère, dans ce son effrayant qui survient et envahit l'air, au moment où la vie passe par-dessus et où la raison cède sous l'instinct, alors seulement vivait Blaise. Un ensemble d'émotions sourdes, avec cette adrénaline qui monte brusquement. Ce qui restait de mémoire en lui, son enfance, ses joies, ses parents, ses envies, sa gravité et sa futilité, lui revenaient en pleine figure, boomerang de la vie qui défile et dont la boucle bouclée semble passer la ligne marquée destin. Ce jour-là, il rentrait chez lui, songeur et calme.

Pénétrant dans cet immeuble bas et discret, choisi pour son voisinage paisible, il n'entendit pas un bruit de chaises déplacées, dont la cage d'escalier se faisait pourtant l'écho ostensible et que n'avaient su garder les portes mal fermées d'un appartement visité, béances ouvertes sur la mort. La Gestapo était là, qui fouillait l'immeuble. C'est le jeune du premier, dévalant les marches à toute vitesse, retenant ses pas tout autant que les lançant au plus fort de la pente de bois, ayant, par quel miracle, laissé derrière lui des hommes en cuir et s'efforçant de masquer le bruit de son échappée belle, c'est donc ce pantin désarticulé, passant comme un éclair au bas de la rampe, qui lui fit comprendre ce qui se tramait plus haut. Blaise fit demi-tour aussitôt, le sang de la peur lui brûlant les tempes. Se démarquant de l'attitude coupable du jeune du premier, il se rua vers l'extérieur autant qu'une marche digne et faussement désinvolte le lui permettait. Ne cédant en rien à la panique, en apparence, la mécanique du bouillonnement intérieur était, elle, à son comble. Tout allait très vite dans sa tête : continuer à contrôler sa fuite, ne pas éveiller les soupçons, être aussi normal qu'un passant qui passe. Être maître de ses gestes, mais se remémorer également ceux du matin, accomplis avec un soin détaché qui faisait douter rétrospectivement de leur bonne exécution :

L'ai-je rangé dans le coin en haut, sous le journal, bien au fond ? Y avait-il bien les deux papiers, ceux contenant les listes ? Et puis dans la boîte en argent, l'argent ?... Ils ne le trouveront jamais, ils ne me cherchent pas, ils vont frapper, tambouriner à ma porte et partir... Je ne suis qu'un petit poisson... tout petit.

Flot ininterrompu de pensées, cascade de risques jaugés et d'arguments apaisants, le rationnel engageait la lutte, mais subissait les assauts du doute et de l'émotion, de l'indice qui fait vaciller les certitudes et glisse vers le probable fatal, indistinct et tapi sous les détails. Il avait beau connaître ces moments pour les avoir éprouvés – peu de fois, car sa prudence était le moteur de sa chance, se disait-il souvent, même s'il distinguait clairement l'indépendance de la seconde –, il mettait immanquablement un long moment avant de retrouver ses esprits.

Ce n'est qu'après ce lent retour au calme, cette mer à nouveau faussement bleue, dans le Paris saumâtre des indifférents, qu'il s'interrogea sur les raisons de ce flux et ce reflux. Une chose lui semblait sûre : en aucun cas il n'aurait dû laisser son esprit vagabonder pour continuer à goûter à l'idée de l'existence de cette jeune femme.

Cette jeune femme brune, presque irréelle, rencontrée quelques heures plus tôt.

Cela aurait pu avoir des conséquences terribles : un simple contrôle de papiers dans l'escalier... « À quel étage habitez-vous ? Ah ! Vous rendez visite à un ami ? Quel ami ? Comment s'appelle-t-il ? Et vous, où habitez-vous ? »... Le reste, il ne pouvait l'imaginer. Cela ne servait à rien, car la conscience du danger était prégnante et ne demandait pas qu'on l'illustrât inutilement.

Il se souvint qu'il avait rendez-vous, pont d'Austerlitz. René, qu'il avait recruté quelque temps plus tôt pour « couvrir » plusieurs boîtes aux lettres, l'attendait et s'inquiétait, s'apprêtant à quitter les lieux. Blaise justifia son retard de manière confuse :

— Je n'ai pas pu rentrer chez moi... J'ai dû faire un détour... Une descente de la Gestapo... Je ne pense pas qu'ils étaient là pour moi, mais il faut que je bouge, que je trouve une autre planque. Je déposerai la liste dans la boîte de la rue Colbert, tant pis, on ne peut plus attendre et je ne pourrai pas te revoir d'ici demain... J'irai ce soir, tard... J'aurais dû apprendre par cœur les noms ce matin, mais je pensais avoir le temps de repasser chez moi...

Aujourd'hui, rien ne va comme il faut, se dit Blaise, se remémorant sa rencontre avec cette inconnue et lui donnant les couleurs du désagrément, ce qui était compréhensible dans le contexte d'une vie clandestine que la présence de René remettait au premier plan.

— Merde ! jura-t-il.

René le dévisagea. Blaise lui avait toujours semblé être un être à part, incapable d'un mot plus haut que l'autre. Ils avaient, certes, presque le même âge, mais Blaise lui en avait imposé dès leur première rencontre et ce n'était pas seulement dû au fait qu'il lui était rattaché dans la hiérarchie du mouvement. Non. Cela tenait beaucoup plus à une prestance naturelle qui pouvait curieusement le rendre ridicule lorsqu'il s'agissait de sauver sa peau, cette capacité à concentrer, dans son regard, toute la force de ses émotions sans qu'aucune autre partie de son corps n'ait besoin d'en rajouter. Peut-être aussi à son visage, sans aspérités, barré de traits d'une certaine finesse qui lui avaient donné un air fragile lorsqu'il était plus jeune et puis cette barbe naissante, dont il ne prenait pas plus soin que cela, et qu'il gardait parce qu'elle le vieillissait.

Tout cela laissait l'impression d'une beauté assez étrange qui achevait de tenir René pour conquis. Pour toutes ces raisons, et parce qu'en temps de paix ces qualités eussent certainement ébloui la gent féminine, cet ensemble laissait René inconsciemment jaloux, et plus encore, entièrement dévoué.

Ce soir-là, cet énervement, ce « Merde ! » le surprirent particulièrement.

Blaise perçut lui-même le malaise et il s'en fallut de quelques secondes qu'il ne transformât leur échange en une confession, une explication. C'eût été un moment détaché de tout ce qui les avait jusqu'ici réunis, un moment de grâce, peut-être, où il lui aurait dit qu'il avait eu peur pour la première fois. Mais aussi, que cette peur n'était rien, qu'elle était rabaissée, réduite à sa plus simple expression, un cri dans une cage d'escalier, quelques gouttes de sueur, par un sentiment beaucoup plus fort, d'un autre monde, celui d'une rencontre avec une inconnue. Une femme dont il savait à peine le prénom : Jeanne.

Mais, était-ce le froid, était-ce tout simplement les ombres que se disputaient les réverbères et l'habitude de rencontrer René dans ce froid et ces ombres ? Tout cela lui fit immédiatement sentir l'incongruité d'un tel partage. Il s'abstint de toute confidence. Le cours des choses en eût pourtant été radicalement changé. Mais comment reconnaître, à 20 ans, ces carrefours auxquels prêter attention, ces rares marques blanches imprimées sur un asphalte de vie encore chaud, celles-là mêmes qui devraient vous faire vous arrêter, regarder à droite, regarder à gauche, avant de poursuivre sur ce que l'on imagine être une ligne droite ?

L'ironie tenait, ce soir-là, au fait que René cherchait lui-même à se confier à Blaise qu'il ne connaissait que très peu et auquel il avait pourtant accepté de lier son destin.

Les deux hommes avaient tous deux envie de s'épancher, mais aucun d'eux ne franchit le premier pas. Oh, qu'il eût été difficile de dire ce qu'eût été leur réaction s'ils avaient su que l'objet de leur tourment avait les traits d'une seule et même personne !

L'instant se détacha du suspens où il était et la vie reprit son cours aux couleurs du Paris du soir, gris et pavé, animé.

Ils se quittèrent sans un mot.

Rentré tard chez lui, après avoir fait un détour à l'Auberge du Tout-Paris, Blaise put enfin oublier ses tourments, se jeter tout habillé sur son lit et se laisser aller au repos. La porte de son appartement n'avait pas été forcée, tout était en place, il pouvait jouir encore de ce refuge, au moins un soir. Reprenant des forces l'espace d'un instant, il se remit néanmoins debout, et prépara les documents qu'il devait traiter le lendemain à l'aube. René, la boîte aux lettres, et surtout rédiger le rapport pour son patron qui rentrait dans un jour.

La réunion du 10 approchait. Il fallait à tout prix l'organiser et s'assurer que tous viendraient. Les tensions accumulées ces dernières semaines entre les groupes et le patron n'étaient plus supportables.

8.

Issu d'une famille ayant prospéré dans le négoce bordelais, Blaise en avait adopté les codes, fussent-ils ceux d'un antisémitisme royaliste alors répandu, convictions héritées dont il se détacherait avec force, à la faveur des événements.

Révolté par l'idée même d'un armistice auquel le maréchal Pétain appelait la nation, Blaise s'était engagé dès juin 1940 en rejoignant la France Libre, qui n'était pas encore une « force » et encore moins combattante. Jouissant d'un caractère trempé que ni l'effort physique ni la peur de mourir ne tempéraient, il avançait dans la vie, mû par la force aveugle de la jeunesse qui ignore que l'horloge est logarithmique, que son échelle se détend avec le temps et que les événements importants s'espacent insensiblement, faisant peu à peu place à un essentiel dont les heures sont comptées.

Il prenait alors en main son destin, sans se poser de question. La défense de la Nation lui semblait un idéal que sa pudeur empêchait de qualifier de romantique. Il était épris de grandeur. Parachuté à la fin de l'été 1942 dans une région qu'il ne connaissait pas, il était peu à peu rentré dans une clandestinité dont il n'avait, en aucune manière, mesuré l'antagonisme qu'elle présentait avec ses aspirations profondes. Car il voulait vivre. N'échanger que quelques mots avec des hommes et des femmes, au détour d'un rencontre, en tension, constamment sur le qui-vive, lui était difficile.

Changer fréquemment de toit, ne pas communiquer son adresse, parler le moins possible, préférer les lieux de rendez-vous fréquentés par les Allemands pour ne pas attirer l'attention, privilégier les endroits bondés aux terrasses faussement calmes, se méfier de tout le monde, se méfier de sa propre empathie pour les gens, bannir la confidence et s'en tenir à sa mission, une boîte aux lettres couverte, un message porté à l'autre bout de la ville… Tout cela lui semblait naturel et, n'était le feu de la vie qui brûlait en lui, plus fort que la conscience du danger, plus fort que la crainte d'être démasqué et même, ô suprême angoisse, que celle de faire tomber les camarades… il eût pu continuer ainsi à servir son pays de manière admirable, comme dans un tunnel. Sombre et lumineux.

Ce jour-là, il avait pourtant fait une entorse aux règles de sûreté élémentaires que de longs mois passés à Londres lui avaient fait prendre, peu à peu, pour une seconde nature. Il avait rencontré Jeanne. Dans une file d'attente, tous deux munis de leurs cartes de rationnement tamponnées J3, disponibles.

— Ne poussez pas, cela ne sert à rien !

— Excusez-moi.

Leur vie allait basculer parce que ce jour-là il faisait froid, que la rigueur de l'automne commençait à exercer insensiblement son emprise sur le moral des gens et que tous, sans exception, ballottés dans leur pauvre existence, portés par un quotidien que rien ne sublimait, que rien ne venait sauver, luttant contre un destin élémentaire et risible, tous, donc, en ressentaient la triste logique, en éprouvaient la banale cohérence et, peut-être, y voyaient une forme d'harmonie divine. Les Cieux pouvaient-ils jouer une autre partition que celle du laid, du gris, du glissant, du poisseux, du ciel bas ?

Jeanne était doublement énervée. Elle serrait fiévreusement ses poings dans ses poches, d'une main tenant fort cette clef dont elle savait le métal froid et rassurant, dont elle connaissait les aspérités maintes fois caressées et dont elle avait maintes fois, nerveusement, deviné l'agencement, de l'arrondi de l'arête au filetage terminal, et de l'autre froissant ces quelques coupons, pour le lait, le pain et la viande, qui lui servaient de couverture lors de contrôles inopinés : *Voyez comme je suis compréhensive, respectueuse des règles, voyez comme je me soumets à vous, occupants, voyez mes coupons tout chiffonnés, voyez combien il m'en reste peu et combien je souffre en silence.*

Les objets la rassuraient, les hommes l'angoissaient. Qu'ils soient en uniforme, qu'ils soient de bons Français soumis ou de pauvres hères, tous ces gens sur lesquels le ciel n'en finissait plus de tomber, ou encore de riches marchands, ventripotents et profiteurs, tous l'effrayaient.

Piétinant sur le trottoir et serrés l'un contre l'autre du fait d'un véhicule manœuvrant difficilement sur le sol glissant, évitant à grand-peine un cycliste dont les freins ne fonctionnaient pas, le destin ne pouvait que les rattraper, ce jour-là, ce jour pourtant banal, ce jour pluvieux et auguste, colorant les tourments d'une vie dans lesquels tous deux étaient, de manière assez parallèle et finalement proche, plongés de toute leur âme, de toute leur jeunesse. Leurs 20 ans pour seul bagage, ils allaient subir l'épreuve indolore de la rencontre, inconscients et réagissant, plutôt qu'agissant, incapables de pressentir ne serait-ce que le danger de leur défaite annoncée, innocents perdus pour le repos de leurs sens et bientôt brûlés l'un en l'autre. Par un de ces hasards qui font poser question, ils étaient donc là tous deux, au coin de la rue de Lancry et du boulevard Magenta, en ce jour pluvieux et froid. Le cycliste, la voiture.

— Excusez-moi !

Enchaînés l'un à l'autre, par solidarité avec une file d'attente qu'ébranlait collectivement la crainte d'une embardée meurtrière, il était situé derrière elle et avait dû s'accrocher à elle pour ne pas tomber, réflexe que n'avait su prévenir son éducation proscrivant le contact physique avec autrui. S'inclinant devant les circonstances, il chercha à sauver la face par la mise en branle d'une gestuelle toute en retenue, tactile, mais respectueuse – je me permets de vous toucher, mais je le fais aussi peu que possible. Le rapprochement ne fut pas délicat pour autant et Jeanne s'en émut déplaisamment, sans même accorder un instant au visage contrit, à peine entraperçu, le temps d'un crissement de pneu, sur fond lointain d'une injure automobile et de commentaires véhéments.

— J'espère que je ne vous ai pas fait mal, ces gens sont incroyables ! s'excusa Blaise. La voiture est partie, on a failli tous y passer et je suis sûr qu'il ne nous a même pas vus… Je suis désolé.

— Je vous en prie… Avec ce froid, cela distrait, à condition d'en réchapper ! Je n'en peux plus d'attendre.

— Vous êtes pressée ?… Question idiote… On n'a pas besoin d'être pressé pour trouver la situation déplaisante : entre cette pluie, ces gens qui crient, hurlent même, et cet hurluberlu, moi, qui vous agrippe, vous bouscule et vous détruit l'avant-bras, je vous comprends !

Ce fut le premier sourire accordé. Une conversation s'engagea, à peine rompue par l'échange tant attendu de coupons alimentaires contre quelques denrées essentielles. Ils ne se quittèrent pas, bien qu'ayant enfin obtenu ces vivres comptés. Les mots leur venaient naturellement, comme si, des deux côtés d'un pont jeté entre le banal et le sublime, poussés par le moteur inconscient de la construction d'une parenthèse agréable, imprévue et douce, Jeanne et lui subissaient un moment détaché du temps, fait de gestes réprimés ou forcés, symptômes d'une volonté de plaire, profonde et inavouée, et s'abreuvaient des paroles de l'autre. Symphonie improvisée d'une suite de mots, sensible à son propre agencement, appelant fébrilement d'autres mots, programmés également pour ne pas déplaire, à leur niveau, agréables vecteurs d'un ici et maintenant contre la brièveté duquel ils ne pouvaient lutter, tous, la symphonie, les mots, leur sens, luttaient pourtant. Et l'instant coulait, comme une fugue.

L'échange d'un dernier regard déjà aimant – Oh ! Que ce regard partagé aurait voulu être beaucoup plus, être complice, confident par avance de toute leur vie passée et à venir, mais qu'il était avant tout inquiet, sous le masque – fut la dernière tentative réciproque de goûter encore à l'autre.

Ils se quittèrent dans un sourire, sans se connaître ou plutôt devrait-on dire qu'ils se connaissaient en essence, car tout était déjà là, en eux et entre eux, sans que rien ne laissât supposer qu'ils pourraient un jour se revoir.

9.

New York, 10 septembre 1954, tard dans la nuit au Gino's

L e champagne aidant, les deux étrangers faisaient connaissance avec avidité et c'est à peine s'ils remarquaient le manège du garçon de restaurant qui multipliait les occasions de venir reprendre commande, s'assurer que tout se déroulait au mieux ou ramasser des miettes à l'aide d'une petite spatule. Nul doute qu'il avait reconnu *l'autre*.

Par la délicatesse d'un Bart tout à son entreprise de charme – « Cette fondue d'écrevisses vaut toutes les toiles de Goya ! » –, mais également sensible à ce que sa partenaire se sente à l'aise, la conversation ne s'était pas attardée dans la sphère privée et avait quitté le restaurant chinois dominical de la famille de Zelda pour aborder celui de la jeunesse en général.

— Les choses s'améliorent, mais ne trouvez-vous pas que l'Amérique a encore beaucoup à accomplir pour ses enfants ? lança Zelda.

Cette question curieuse, décalée, Bart la prit avec sérieux et cessa un instant de jouer. De manière contraire à tout ce qui l'avait guidé jusqu'ici, il parla de son engagement pendant la guerre – il avait 20 ans en 1940 – et de ses combats passés. Intriguée et ne souhaitant pas plus rompre l'élan de confession de son partenaire que la bonne humeur du dîner, Zelda demanda timidement, mais avec conviction :

— Vous avez… combattu ?

— Non, pas vraiment… J'étais très jeune. Mais je me suis attaché à défendre mon pays…

Bart déversa mécaniquement la rancœur accumulée contre un silence contenu pendant de nombreuses années. Ce silence qui marquait l'oubli d'un passé. Un passé qu'il avait essayé de vivre dans la loyauté et le courage et que tant d'autres avaient dévoyé, par ambition et par passion.

Oui, il avait combattu, et même au plus fort des événements. Dans la résistance. En France, contre l'Allemagne nazie. Mais que restait-il de tous ces idéaux ? Combien étaient-ils, ses amis, morts dans l'indifférence ? Et que de souffrances ignorées ! Bien sûr, le Mal avait été vaincu, et cela valait toutes les injustices, mais, pour les avoir éprouvées dans sa chair, la rancœur était grande. Et les remords, immenses.

Bien plus que l'arbitraire frappant certains de ses camarades, alors à peine âgés de 20 ans, fauchés par une rafale de mitraillette ou simplement dénoncés et envoyés dans les camps, Bart n'avait surtout rien compris, du haut de ses propres 20 ans, à ses émotions, à ce qui lui était arrivé, à lui, son histoire personnelle, une histoire triste et à jamais maîtresse de ses remords, comme refoulée dans un coin de sa conscience. Sombre et castratrice de son bonheur à venir.

Tremblant et ne contrôlant pas ses mots – comme il arrive que l'émotion vous submerge en des moments curieux, auxquels l'on ne s'attend pas : une confession faite à une inconnue –, ne cherchant d'ailleurs pas à les rendre intelligibles, mais cédant à un flot intérieur qui le dépassait, Bart sentait bien qu'il devait se reprendre, par égard pour Zelda qu'il ne voyait plus et qui lui semblait irréelle, car appartenant à un monde qu'il avait abhorré, celui de l'insouciance de l'après-guerre. Il devait à tout prix reprendre pied sur les rives de la légèreté.

La fondue d'écrevisse avait décidément un goût amer et il n'en revenait pas lui-même qu'après tant d'années et, à la seule faveur d'une question ingénue, pourtant posée avec délicatesse, il ait pu relâcher toute cette tension. Était-ce cette réminiscence déjà troublante qui l'avait envahi au Museum of Modern Art, lorsque à la faveur de quelques mots griffonnés, si joliment traduits dans sa langue, une voix surgie du passé l'avait rappelé d'entre les morts ? Était-ce plus simplement ce ressort sexuel, pourquoi se le cacher, qui l'avait maintenu toute la journée dans un état second ? Zelda devait le ressentir qui lui dit :

— Vous savez que je n'ai jamais coché la case « résistant » !

— Comment ça ? « You never ticked the box? » Qu'est-ce que cela veut dire ?

Mais Zelda ne lui laissa pas le temps de la compréhension et déjà elle illuminait son visage d'un rire que Bart prit pour une moquerie et qui lui fit oublier sa question. Décidément, cette jeune femme était divine et savait désamorcer les moments délicats. Attentionnée, intelligente et drôle, elle était elle-même, Zelda, et ne jouait pas. *L'autre*, ce soir-là, n'était rentrée au Gino's qu'aux seuls yeux du serveur et de toute évidence, Bart ne *l'*avait pas reconnue. Redevenant plus léger, il dit :

— Allons danser ! Il me semble que Rilke, que vous paraissez aimer, a écrit sur la danse !

— Comment, s'il a écrit sur la danse ? Mais bien sûr, répondit-elle ! Pour Rilke, danser était masquer ou « combler un vide », je ne sais plus… Oui, c'est cela, et même « taire l'essence d'un cri » ! Alors, allons faire taire l'essence de nos cris et espérons que nous en aurons assez…

— … d'essence, oui ! rit-il avec elle, la laissant se faufiler devant lui pour atteindre le petit espace où deux couples esquissaient déjà quelques pas.

— Vous pensez que les poètes savaient danser à l'époque de Rilke ? se lança-t-il imprudemment.

— Humm… Question intéressante… Pour y répondre, il faudrait que j'admette que, selon l'époque, une catégorie, comme les poètes ou les artistes, ont su ou n'ont pas su danser ? Qu'il se serait agi d'un phénomène collectif, en quelque sorte ? rit-elle de bon cœur.

Comprenant que sa question était légèrement imbécile et goûtant l'ironie de sa partenaire, Bart décida d'enfoncer le clou et ajouta :

— Ah, mais tout à fait ! Je crois que cela dépendait, en revanche, de deux choses bien distinctes : soit vous aviez du talent pour la poésie et alors vos dons pour la danse étaient réduits d'autant, soit vous étiez un piètre poète et vous dansiez également comme treize pieds, à la hauteur de vos alexandrins !

— Je ne suis pas sûre d'avoir suivi votre raisonnement… Mais, à vous voir danser, vous devez être un très bon poète ! éclata-t-elle à nouveau de rire, tout en se rapprochant plus encore de lui, qui la tenait par la taille.

Le reste de la soirée appartint à leur corps, à leurs mains et leurs yeux, qui échangeaient ou prenaient, c'était selon. Il est vrai que l'harmonie du lieu et de la musique ajoutait à la symphonie de leur âme. À un moment donné, Bart et Zelda s'éloignèrent du petit cercle de danse sans y prendre garde, par la simple emprise de la musique sur leur corps, emprise dont aucun des ressorts de leur conscience ne s'offusquait, bien au contraire, à laquelle ils goûtaient tous deux avec langueur et qu'ils cherchaient naturellement à accorder l'une à l'autre.

C'est à ce moment-là que Zelda heurta de son pied une table située tout près de la piste de danse et manqua de tomber.

— Tenez votre partenaire ! lança un jeune homme à Bart, riant et visiblement plus attiré par la « partenaire » que soucieux de ce qu'elle ne se blesse.

Bart ne comprit pas tout de suite le manège et renchérit :

— Je ne la contrôle plus !

Faiblesse feinte, mais avouée, que l'homme, l'entendant, ne manqua pas de tirer à son avantage, aidant Zelda à reprendre pied, la prenant par la taille et montrant à Bart :

— Voyez ! Comme cela… Toujours en tenant bien sa partenaire !

Et de se coller de manière inélégante à sa proie, docile et naïve, souriant de la situation, tout en cherchant à se défaire de son nouveau cavalier. Bart, un moment déséquilibré, se redressa rapidement, fixa l'homme et lui fit face, appuyant son regard d'une fermeté qui ne laissa de doute ni au jeune homme, qui jugea s'être aventuré aussi loin qu'il le pouvait, ni à Zelda dont l'élégance racée redoubla dans la manière qu'elle eut d'adouber à nouveau son maître, par lui attirée et à lui revenue.

Zelda était envoûtante. Sa grâce et son esprit se rejoignaient tout en haut dans l'échelle des rêves inaccessibles, auxquels Bart avait pu croire par le passé, et dont il ne lui restait qu'un lointain souvenir, douloureux, de surcroît. Bart ne filtrait plus ses pensées et les verbalisait, spontanément :

— Comment faites-vous pour me sourire ainsi ? Ne me voyez-vous pas complètement désarmé, à votre merci, les bras en l'air, ma chemise blanche sortant de mon pantalon... Et vous, me faisant face avec votre fusil... comme dans cette toile de votre espagnol préféré, *Le 3 mai* ?

— Celle du peloton d'exécution ? Oui bien sûr, je vous tiens en joue... et vous n'en menez pas large ! répondit Zelda en riant et pointant son index et son majeur en direction de Bart, comme pour mimer une exécution.

Ce n'est que beaucoup plus tard, lorsqu'il fut temps de quitter le restaurant, que Zelda perdit de son assurance. Décontenancée et ne sachant si elle devait endosser les habits de *l'autre* pour mieux séduire son cavalier ou si elle devait, au contraire, jouer sa propre partition, elle hésitait à se donner à lui comme elle l'aurait fait avec un inconnu, plus brutal et moins charmant. Il eût suffi qu'elle lui dît à quel hôtel elle était descendue, quelle chambre était la sienne et ils eussent certainement prolongé, sous une forme plus divine encore, la danse qui les unissait quelques instants plus tôt. Mais quelque chose avait changé entre eux, qui transformait le charme simple d'une rencontre. Cela dépassait absolument toute espèce d'attirance physique et d'ailleurs, dans son esprit, seule *l'autre* avait accès à cette illusion du plaisir, car seul le *monstre* se donnait parfois à des inconnus, aussitôt oubliés. Non, cela tenait à l'histoire qu'il venait de lui conter. Cette histoire de cachot dans lequel il avait été enfermé pendant la guerre… Et puis cet Américain et la mort qui rôdait autour. Tout cela l'avait, au départ, amusée – il est vrai que le Dom Pérignon coulait à flots –, puis intriguée. Au fur et à mesure qu'il s'était épanché, elle s'était recroquevillée sur sa chaise, ne bougeant plus, comme pétrifiée. Sans qu'il se rende compte lui-même de l'émotion qu'il provoquait en elle, il s'était mis à parler d'une Gladys dont il ignorait tout, mais dont l'histoire, rapportée par un compagnon de cellule, l'avait marqué, le ramenant lui-même à sa propre histoire, sa propre recherche d'un amour défunt.

Incapable de réagir – ne serait-ce que pour poser des questions qui l'eussent rassurée sur une possible méprise ; après tout, sa mère n'était certainement pas la seule Gladys au monde – et impuissante à prononcer un mot, Zelda avait décidé de fuir. Elle commanda un taxi, tranquillisant à grand-peine son compagnon qui s'inquiétait :

— Je suis fatiguée.

S'engouffrant dans le taxi, appelé pour eux par le patron du Gino's – qui, de manière décalée, était aux petits soins pour une *autre* qui n'était pas là –, Zelda regrettait déjà sa décision de fuir. Son émoi tenait à la violence avec laquelle sa quête la plus intime était revenue, de façon fulgurante, dans le décor enfumé d'un restaurant new-yorkais, cette recherche identitaire qui l'avait construite comme une écorchée et dont elle ne se reposait jamais. Elle avait l'impression d'un abîme se découvrant en elle, au détour d'une conversation frivole, comme si la gravité du sujet, s'accordant à la désinvolture des circonstances, devait lui donner plus encore la sensation d'une chute vertigineuse. L'empêchant de respirer.

Elle déposa sur les lèvres de Bart un baiser, lui soufflant l'adresse d'un rendez-vous prochain, le temps pour elle « de… », avant de monter dans le taxi. Un baiser dont évanesçait un parfum d'éternité. Bart n'entendit pas la fin de la phrase. Il la suivit du regard et le dernier souvenir qu'il garda d'elle fut son sourire à lui seul adressé, à travers la vitre arrière d'un taxi new-yorkais.

10.

Paris, 20 octobre 1942

La journée s'annonçait longue, car la pression montait et Blaise tenait à ce que tout soit prêt pour le soir, son patron revenant de Montluçon où il avait traité d'affaires dont Blaise n'avait pas connaissance. C'était souvent ainsi et c'était mieux ainsi : séparer les zones de responsabilités et s'en tenir à son seul périmètre lui avait toujours semblé naturel. Élément unitaire vivant dont l'existence propre n'avait en réalité pas d'importance, avant tout participant d'un ensemble plus large qui, lui, vivait, s'organisait, était tendu vers un objectif noble et se nourrissait implacablement de ses constituants, Blaise acceptait tout cela et lui donnait un nom : son devoir.

Il était dit que la journée serait particulière, car Blaise devait d'abord se rendre à Chalon-sur-Saône pour y rencontrer un contact possible pour son patron. Le lieu de la rencontre avait finalement été fixé à la mairie, dans la salle des pas perdus, à 11 heures. « Contact possible » était la seule chose qu'il devait vérifier. Et écouter.

Arrivé sur le quai, il observait la foule inconnue qui bruissait, mais, comme il l'avait parfois constaté, sans qu'il parvienne jamais à en prévenir l'occurrence, son œil se mit à trembler. Spasme de la peur qui prend le contrôle, qui manifeste son emprise sur la raison, vecteur instinctif et sans-gêne d'une raison supérieure, ce clignement lui semblait ridicule et dangereux puisque, loin de protéger l'agneau, il en donnait aux loups l'odeur et la cache. Plongé dans ses pensées et cherchant à grand-peine à masquer son émotion, inspirant longuement comme le lui avaient enseigné ses instructeurs à Londres, son corps fut saisi d'un tremblement autrement plus radical. Ses veines se glacèrent en un instant. Jeanne était là, élégante et racée. Parlant avec des Allemands.

À travers une brume matinale qui donnait aux images le doux halo d'une journée d'automne magnifique et qu'un soleil encore naissant allait colorer, elle était là, si belle et déjà familière à ses yeux, souriante et discutant sans peine avec un officier, dans ce réduit qui semblait servir de poste de repli aux agents de la société nationale des chemins de fer français.

Blaise éprouvait alors ce que tant de poètes, qu'il avait lus avec passion dans ses jeunes années, avaient pu chanter et s'étonner de trouver livré à leurs yeux, sous une forme nue, comme inconsciente de sa propre nature, le mariage du Beau et du Mal. Dans son esprit, ce fut une décharge de sentiments contradictoires. Comme un équilibriste qui hésite à se maintenir sur le fil du réel, attiré par les filets d'un monde plus rassurant, où les gens sont blancs ou noirs, Blaise ne cessait de s'interroger : était-il possible que Jeanne « en fût » ?

S'approchant indolemment de la fenêtre à demi entrouverte, il ne distingua tout d'abord pas le calme qui y régnait et que masquait le brouhaha alentour. Ce n'est que lorsqu'il entendit clairement une voix mâle et obséquieuse à la fois, « … Natürlich, Frau », qu'il prit conscience du silence rompu et regretta qu'il s'en fallût de quelques secondes qu'il comprît la situation. Ce qui eût déchiré le voile de ses doutes ou noirci son désespoir. Par l'entrebâillement de la fenêtre, il la vit, de trois quarts lui tournant le dos. Elle souriait avec naturel à l'homme, qu'il ne distinguait pas, et lui tendait la main avec confiance.

Sonné et incapable de croire ce qu'il venait de voir, Blaise prit le parti de fuir. Il longea le petit corps de bâtiment d'une démarche mécanique et d'abord mal assurée, puis recouvra ses moyens et se dirigea d'un pas décidé vers le quai d'où partait son train pour Chalon.

Sortant de son entrevue avec le chef de la kommandantur, le colonel Von Niederstoff, Jeanne se jetait également au-dehors sans remarquer les traits de cet homme au feutre fatigué, qui l'évitait de justesse, et prenait une direction opposée.

Lorsqu'il fut arrivé en bout de quai, Blaise réalisa qu'il avait un peu de temps et fit soudain demi-tour, bousculant quelques passagers, eux-mêmes distraits par les annonces. Cherchant à nouveau cette silhouette qu'il connaissait suffisamment pour l'avoir distinguée dans sa mémoire au rayon du sublime, sorte d'éternel rêve enfoui dont Jeanne était le seul article. Il se rua littéralement sur elle qui s'apprêtait à quitter la gare, longeant le boulevard Victor Hugo, en direction du pont Austerlitz.

— Jeanne ! cria-t-il essoufflé et presque hors de lui.

— Blaise ! Oh, Blaise ! Tu es là ? fit-elle, reprenant ses esprits après un premier instant de surprise.

Mais Blaise ne l'écoutait pas et une force irrésistible le poussait à la bousculer par les mots, à ne pas laisser la légèreté s'installer entre eux : « Je t'ai vue ! » voulait-il éructer, hurler. « Tu discutais avec cet officier !... Mais qui es-tu ? Jeanne ? Réponds-moi, qui es-tu ? Comment peux-tu faire cela ? Comment peux-tu... discuter avec un Allemand comme si c'était normal ? Après tout ce que l'on a vécu. Pas toi... »

Il se contint pourtant et ne prononça pas ces mots, cherchant dans les cheveux bruns de Jeanne, relevés sur les côtés et attachés sur le dessus, d'une manière légèrement asymétrique qu'il remarqua pour la première fois, un froncement, une imperfection, quelque chose qui eût révélé la noirceur d'une âme, comme si un mensonge, une lâcheté pouvaient trouver refuge dans un objet et témoigner silencieusement d'un forfait. Mais rien, pas même le plus petit muscle sourcilier pour trahir, le plus infime des tremblements de voix pour révéler... rien, ou plutôt tout, tout dans cet être devenu étranger, était contrôle et maîtrise de soi. Blaise choisit de la pousser à bout.

— Oui... Quel plaisir de te voir ici... Mon train part dans cinq minutes. Et toi, que fais-tu là ?

— Moi... ? prit-elle son temps pour répondre. Je suis venue demander une autorisation de circuler. Je dois rendre visite à une tante qui est en zone libre...

Sa voix fut couverte alors par une annonce et Blaise prit conscience qu'il s'agissait du départ de son train.

— ... *partira du quai numéro 8, les voyageurs sont invités à rejoindre...*

Blaise ne répondit pas, mais voulut lui faire comprendre dans un demi-sourire – mais en percevrait-elle le sens ? – qu'il savait que les autorisations de circulation étaient à demander à la Kommandantur, que le commissariat ou la mairie pouvaient également délivrer des laissez-passer, mais qu'en aucun cas les guichets dans les gares n'étaient habilités à fournir de tels documents. La quittant brusquement et accélérant sa course vers son train, Blaise se retourna une fois et crut voir le visage de Jeanne qui s'était décomposé. Peut-être regrettait-elle simplement qu'il ne l'ait embrassée fut la première explication qui lui vint, ultime forme de déni du cœur.

D'une manière dont seuls le sort et la vie se jouent des hommes comme de funambules éveillés, leur destin fut scellé ce jour-là, sous de multiples sceaux. Méprise possible d'un événement, dont le sens fuyant se perdrait à jamais dans les ténèbres de leur mémoire, passion naissante dont la force se nourrit de sa jeunesse et sourit à sa mort annoncée, ou vents contraires guidés d'En-Haut et mélangeant les faits aux après et aux avants, le paysage de leurs chemins de vie prit, ce jour-là, les contours d'une fable triste aux échos impuissants.

11.

New York, dans la nuit du 10 au 11 septembre 1954

Lorsque Zelda se retrouva seule dans l'univers rassurant du taxi, elle peinait à reprendre son souffle et s'étonnait plus encore que le hasard choisît les détours les moins prévisibles pour déposer à ses pieds la possibilité d'une explication qu'elle avait cherchée toute sa vie.

— À quoi servent ces séances de psychothérapie ? Il me suffit d'aller au musée l'après-midi, de laisser le fil de la providence se dérouler… et voilà ! se disait-elle avec forfanterie, comme pour mieux braver un danger. Puis, se souvenant que l'éducation pieuse et culpabilisatrice qu'Ida Bolender lui avait donnée était celle d'un Dieu devant lequel fanfaronner n'a qu'un temps, précédant la punition, elle se reprit.

Les images d'un New York nocturne, aux couleurs agressives de néons dansants et envahissants, dont certains vantaient *l'autre*, cette autre elle-même, le *monstre Monroe* qui toujours souriait, construisaient le décor dans lequel ses pensées couraient. En cet instant précis, elle se souvenait de ce voyage, fait il y avait déjà fort longtemps, avec son amie et professeur d'art dramatique, Natacha. Ce voyage pour aller le chercher. Et lui dire : « Je suis là et j'existe ». Ce n'était pas tant les préparatifs, le périple, et puis toute cette montée en tension qui avait précédé le moment où elle avait dû se jeter à l'eau, arrivée devant sa maison, et se présenter à lui. Non. Ce dont elle se souvenait, c'était ce heurtoir en forme de main qu'elle avait actionné, le cœur battant, espérant voir cet homme.

Mais c'était une femme qui avait ouvert, certainement sa femme. Qui avait d'abord cherché à l'éconduire sèchement : « Non. Il n'est pas là ». Puis lui avait répété, presque mécaniquement : « De toute façon, il n'aurait rien à vous dire », « Il n'a rien à voir avec vous », « Il n'a rien à voir avec vous ».

Cette main l'avait hantée, car, lorsqu'elle avait accompagné d'un tressautement le fracas de la porte se refermant, il lui avait semblé qu'elle concentrait en ses phalanges d'acier toute la rigueur, l'intransigeance et la dureté des hommes. Et toute leur lâcheté.

Mais si tout cela n'avait été qu'un mauvais rêve ? se disait-elle maintenant. *Et si ce n'était effectivement pas lui ? Si cela n'avait jamais été lui ?*

D'une manière inconstante et qu'elle jugeait parfois vaine, comme dans de nombreux domaines – la recherche du plaisir dans les bras d'un inconnu par exemple, photographe, professeur de chant, quidam sur un plateau, admirateur croisé ou tout simplement n'importe qui, fasciné par *l'autre* –, la quête de l'identité de son père naturel avait, tout au long de ces années, constitué l'essentiel de son monde intérieur et construit sa vitalité artistique.

Elle voulait réussir, devenir une actrice connue et reconnue, et, à travers cette réussite, le retrouver. Mais les choses ne s'étaient tout simplement pas déroulées ainsi.

Sa notoriété ne lui avait rien offert de plus que des moyens accrus, détectives privés, amis voulant l'aider, l'accompagner, etc. Or elle avait joué le même scénario, par deux fois, de la jeune fille prodigue se présentant au père indigne – ce Gifford, dont sa mère lui avait montré une photo, il y avait fort longtemps, affirmant qu'il était son géniteur, une sorte de sous Clark Gable avec un visage et certainement une vie, des souvenirs, des projets à partager – et se voyant refuser ne serait-ce que l'échange de quelques paroles, les yeux dans les yeux.

Dire qu'elle avait peut-être fait fausse route depuis des années !

Il me faut à tout prix tirer cela au clair ! Maman ne m'a jamais parlé de cet autre homme... Dieu ! De quelle mère ai-je donc hérité qu'il me soit si difficile de savoir d'où je viens ?

À ces pensées Zelda ne donna pas suite. La seule image de sa mère, prostrée dans son fauteuil toute la journée, recevant très peu de visites, alternant des moments de profond mutisme et quelques plages, plus heureuses, où elle semblait retrouver l'énergie et l'insouciance de ses 18 ans, lui était douloureuse. Qu'eût-elle pensé si elle avait pu lire dans les souvenirs de Gladys, prostrée, en effet, mais revivant en songe sa splendeur d'antan ? Oui, Gladys avait été joyeuse, riante et ivre morte parfois. Elle repoussait alors de toute son énergie la détresse d'une vie misérable, s'abandonnant aux limites que l'alcool accorde aux abîmés de la vie. Noble et fière, se débattant avec ses armes et avec les hommes, leurs lois et leurs désirs, elle finissait souvent portée à bout de bras par Filoche, en meilleur état d'à peine quelques verres, dans le fracas des rires désespérés.

Peut-être Zelda eût-elle souri à cette mère dont le temps était passé, mais qui avait vécu les heures magiques du rêve hollywoodien. Mais elle voulait maintenant retrouver Bart, *Il doit m'en dire plus*. D'ailleurs, pourquoi l'avait-elle quitté précipitamment ?

Quelques jours seulement avant de le revoir... *Se replonger dans le travail, redevenir* l'autre, *cet enfer et ce plaisir à la fois. Repousser l'espoir et tout oublier d'ici là, dans la chaleur de New York. Ne plus penser.*

12.

New York, 14 septembre 1954, le soir

Cela faisait plusieurs jours que Bart préparait une exposition qu'il comptait proposer au public parisien, dans sa galerie, en début d'année suivante. L'artiste était un peintre encore peu connu en France, mais déjà reconnu à New York, initiateur de l'expressionnisme abstrait : Willem de Kooning. Auteur d'une toile terrifiante, « Painting », représentant des formes sombres et inquiétantes, mi-humaines, mi-géométriques. Un univers qui avait frappé Bart la première fois qu'il l'avait pénétré, lui donnant l'impression que la chair même de son âme en avait produit les pigments de palette. Et la matière noire de son cerveau, les essences.

Il avait repéré une petite galerie new-yorkaise, sur East Side, au bout de la 67e rue, qui possédait quelques œuvres de l'artiste. Lorsqu'il l'avait découverte, il en était resté quelques instants muet de surprise, car le peintre était encore assez confidentiel. Ce travail, qu'il qualifiait de « dénicheur » était pour lui essentiel et lui permettait de vivre – certes il ne roulait pas sur l'or –, mais aussi d'explorer un monde où la recherche artistique, selon lui, restait plus importante que la dernière valeur cotée d'une œuvre. Le patron de cette galerie modeste, enfoncée entre deux grands bâtiments plus récents, était lui-même heureux de savoir que, de l'autre côté de l'Atlantique, il pouvait y avoir « … guys like me, fond of the same artist! ».

Bart avait été ravi de cette rencontre. Elle lui ouvrait des perspectives intéressantes dans ses affaires.

Mais surtout, elle lui donnait de bonnes raisons de prolonger son séjour à New York. Le sens des obligations était en effet un moteur puissant pour lui et l'attrait d'un ici et maintenant, inconséquent, insouciant, aux couleurs d'une mèche blonde caressée, d'un baiser volé, en sortie de restaurant, n'avait encore, à l'époque, que peu d'emprise sur son emploi du temps. Ses affaires lui permettaient, à bon compte, de desserrer l'étau.

Il voulait à tout prix revoir Zelda. Si la perspective d'un rendez-vous cinq jours après leur soirée chez Gino's l'avait d'abord déçu, il s'était résigné à attendre et en avait été récompensé : le temps était passé très vite, dans l'oubli de soi, et, selon ses comptes précis, il ne lui restait plus que quelques heures avant de retrouver son Américaine inconnue.

Installé à une table du Toot Shor, Bart finissait son repas lorsque ses voisins, qu'il n'avait pas tout de suite remarqués, élevèrent la voix, attirant son attention : « C'est une pute ! Je t'ai toujours dit que c'était une pute !... ». Celui des deux hommes resté silencieux entra véritablement en transe, serrant ses poings et enjoignant vivement à l'autre de surveiller ses propos.

Dérangé par les décibels, Bart se mit à prêter une oreille distraite à cette forme d'argot italien du Bronx, qu'il trouvait extraordinaire.

Il comprit plus ou moins que la femme de l'homme en transe montrait ses jambes à qui voulait les voir, dehors, et cela l'amusa. Était-ce une prostituée – mais en aurait-on fait un tel cas ? –, était-ce plus simplement une tenue légèrement aguichante que l'homme – un Italien, à n'en pas douter – n'appréciait pas chez sa compagne et que son ami, apparemment adepte du franc-parler, transposait en une métaphore exagérée ? Bart n'en sut pas plus, car les deux hommes quittèrent rapidement le restaurant, celui en transe le premier, suivi du second, réglant la note et réprimant difficilement un fou rire sous des dehors affectés.

Bart ne remarqua même pas qu'au moment de sortir, l'homme en transe jeta un air furieux vers une photographie, accrochée juste à l'entrée, qui le représentait, brandissant un trophée, en tenue de sport, photographie qu'il avait dû signer, d'un trait appliqué, plusieurs années auparavant et dont sa réaction, à l'instant, indiquait qu'il la reniait.

Bart était intrigué et, lorsqu'il sortit à son tour du Toot Shor, son étonnement décupla : une foule semblait se masser à quelques blocs de là, à l'angle de la 52ᵉ rue et de Lexington Avenue. Entraîné malgré lui et curieux d'un tel attroupement à une heure avancée de la nuit, Bart se laissa porter par le flot et finit par arriver au point vers lequel tout New York semblait converger. Les gens n'hésitaient pas à grimper aux poteaux, aux arbres ou monter sur les capots des voitures, s'invectivant lorsque leur horizon était bouché et qu'ils perdaient une seconde d'un spectacle qui semblait les fasciner, par intermittence, leur tirant des « Ho ! Ho !... » admiratifs et dissipés. Bart fut ébloui par la silhouette blanche qu'il aperçut enfin, se frayant un passage parmi les badauds dont certains en venaient aux mains : ce n'était rien de moins que le *monstre*.

Marilyn Monroe.

Elle tournait une scène qui allait devenir mythique et diffuser une image de glamour à l'échelle planétaire, confortant ainsi l'imaginaire des hommes, pour des générations, dans une position à mi-chemin entre l'absolue dévotion et la volonté de toucher les étoiles.

Billy Wilder, dont le génie cinématographique n'égalait pas, cette nuit-là, son sens de la promotion publicitaire – la renommée de *The Seven Years Itch*[6] dut beaucoup à cette scène –, s'ingéniait tout autant à donner des indications à ses acteurs, aux techniciens et aux photographes, habilement recrutés pour l'occasion, qu'à surveiller du coin de l'œil le dispositif de sécurité mis en place pour contenir la foule.

D'abord incrédule et amusé, Bart réussit à se rapprocher tout près du rail de travelling sur lequel était posée la Dolly. Il put ainsi assister, au plus près, aux gesticulations des techniciens qui contrastaient avec le calme des acteurs entre deux prises et, plus encore, avec la furie des gens poussant derrière lui, cherchant à *l'*apercevoir. Bart n'avait d'yeux que pour Marilyn Monroe.

Jouant avec la foule, Zelda s'était métamorphosée en *l'autre*, une *autre* qui écrivait ce jour-là son mythe, anticipant l'arrivée d'un souffle d'air chaud s'échappant d'une bouche de métro. Minaudant, puisant dans ces expressions apprises inlassablement devant sa glace, *l'autre* simulait la peur amusée que le souffle d'air ne s'engouffre dans sa jupe et ne

---

[6] Connu en France sous le titre *Sept ans de réflexion* et sorti en juin 1955.

découvre ses jambes. Dans la plupart des cas – car Bart resta deux heures sur place, comme beaucoup, jusqu'à ce que fût décrétée la fin de la séance –, le suspense était exagéré, la tension superficielle, et la foule n'apercevait réellement que bien peu des courbes de l'actrice. Parfois, en une fraction de seconde, Zelda réapparaissait sous les traits du *monstre* lorsque celui-ci se faisait surprendre : dans un grand fou rire, un peu gênée, c'était perceptible, Zelda s'empressait de remettre de l'ordre dans sa jupe insoumise. Et puis *l'autre* reprenait son rôle, ce rôle d'icône sexuel, certes aussi loin d'elle que l'image pieuse qu'Ida Bolender lui avait donnée en exemple, quinze ans plus tôt, mais un rôle qu'elle avait construit elle-même et qui lui avait permis de dépasser tous les rêves de sa « maman aux cheveux rouges »[7]. Tellement plus haut que les trajectoires, pourtant fulgurantes, de Clara Bow, Jean Arthur ou Jean Harlow.

La nuit coulait ainsi lorsque Bart surprit un technicien s'approcher de Zelda, lui chuchoter quelque chose à l'oreille, puis s'éloigner, la laissant le visage soudain grave, apeurée, métamorphosée l'espace d'un instant, avant que la foule, les sifflets et le porte-voix du réalisateur ne ramènent, à nouveau, un sourire sur ses traits. Les traits de *l'autre*.

Sans être déjà totalement ivre, d'un excès d'alcool et de la vision sidérée d'une scène écrivant son propre mythe, sous ses yeux, Bart n'avait plus tout à fait sa raison. La conjonction de la fatigue, d'un désespoir lancinant, lié à son

---

[7] C'est ainsi qu'Ida avait qualifié un jour Gladys, expliquant à la toute jeune Zelda que c'était la jeune « femme aux cheveux rouges » – qui les visitait régulièrement – qui était sa maman. Et non elle-même.

passé, à son premier et seul amour, Jeanne, qu'il avait trahi au sortir de la guerre, et d'une forme de chagrin qu'il éprouvait chaque fois qu'il *ressentait* la beauté – le *monstre* était la beauté incarnée –, tout cela l'épuisait. Cette accumulation de sentiments forts, presque existentiels, le laissait exsangue. Vide et proche des larmes. Il se souvint, en cet instant, du mot de René Char : « C'est quand tu es ivre de chagrin que tu n'as plus du chagrin que le cristal... » C'est aussi à ce moment précis, le *monstre* se replaçant sur un petit repère inscrit à la craie, sur le bitume, qu'il croisa *son* regard. Ou tout du moins fut-ce l'impression qu'il en eut, même si cela ne dura qu'une fraction de seconde. *Elle* semblait le dévisager et *son* regard était pénétrant et chargé d'émotion, comme si *elle* le reconnaissait et l'appelait au secours.

Vivant l'instant comme détaché du monde et baignant dans un état vaporeux, imbibé et titubant, Bart affichait sur son visage les mêmes expressions que lorsqu'il était à jeun. Mais avec retard. Le temps se dilatait pour lui et il offrait, malgré lui, à l'artiste une suite de masques figés, comme décalés de quelques secondes. Il garda d'abord cette expression béate qu'avaient imprimée en lui plusieurs minutes de fascination, muette et amusée, puis, par mimétisme, son visage finit par épouser les traits angoissés de l'actrice. Évoluant dans deux mondes parallèles dont les échelles de temps auraient été débranchées, Bart voyait enfin cette chose *monstrueuse* le dévisager, tandis que, sur le visage du *monstre*, le glamour avait déjà repris ses droits. Il ne comprit rien au drame qui se jouait. L'angoisse de Zelda et le masque du *monstre*. Il n'aperçut pas cet italien – Joe DiMaggio, son voisin de restaurant –, placé en retrait dans la foule, et qui venait de menacer du regard une Marilyn Monroe apeurée à l'idée que son mari désapprouvât ainsi le spectacle de ses jambes dévoilées en public.

— Marilyn ! Plus haut ! Plus haut ! criaient les gens autour.

Confortablement installé dans la multitude, Bart s'était complu jusqu'ici dans l'ignorance dans laquelle les acteurs les tenaient et cela lui avait semblé la chose la plus naturelle qui soit. Le voile venait de se déchirer et c'est avec fracas, même s'il ne saisissait pas tout, qu'il lui avait semblé possible d'accéder à son monde à *elle*, celui du *monstre*, avec ses peurs et ses angoisses, une Marilyn qui lui semblait soudainement humaine. C'était pourtant Zelda qui lui avait donné une frange d'éternité en lui accordant, par la grâce d'un regard, le visage de sa peur. Il en fut bouleversé, mais ne sut comment agir sur l'instant. Toute la soirée, il chercha à nouveau dans les yeux de l'actrice l'espace d'une humanité, mais *elle* avait rejoint les étoiles. Et il était resté à quai.

Ce soir-là, il finit par rentrer très tard à son hôtel, au St Regis, dépité. L'absurdité d'un monde de paillettes le désolait, et plus encore l'indécence de son enthousiasme pour un bout de chair aperçu, quand tant de choses qui l'avaient construit, tant de destins qu'il avait croisés, l'appelaient vers d'autres rivages, sombres et lumineux, portés par un vrai sens, celui-là même qu'il s'enivrait désormais à chercher dans l'expression artistique.

Il n'avait pas reconnu Zelda, car le *monstre* écrasait tout.

13.

Dans le monde intérieur que s'était construit Jeanne, à un âge où les traumatismes de l'Histoire n'affectent plus l'équilibre mental des êtres ni n'épousent le paradoxe des blessures individuelles, vivant leur propre chemin de déconstruction avide, les choses s'étaient tardivement mises en place.

À la violence des événements extérieurs, l'occupation allemande, la misère de l'exode, le dénuement dans lequel tous étaient plongés et auquel si peu étaient préparés, s'ajoutait la douleur sourde de voir son père épouser les positions les plus abjectes qui fussent, celles dont de nombreux intellectuels s'étaient faits les chantres, et que l'Histoire, par un curieux retournement sémantique, reprenant des propos célèbres, mais adoptant le point de vue du Mal, qualifierait d'un mot positif : la Collaboration.[8]

Jeanne tenait à distance toute approche fondée sur la raison quand il s'agissait de caractériser les agissements de son père.

---

[8] Le terme de collaboration a été utilisé pour la première fois par le maréchal Pétain lors de son discours du 11 octobre 1940 : « Cette collaboration, la France est prête à la rechercher dans tous les domaines… »

Certes, ceux-ci n'étaient pas réellement sus d'elle et ses craintes se nourrissaient beaucoup plus de conversations de famille où son père s'emportait contre « toute cette clique d'incapables », ces incompétents notoires, politiques de tous bords, dont l'unique fait de raison avait été de confier la destinée du pays au seul Français encore debout, au seul rempart contre les bolcheviques et autres judéo-saxons : le Maréchal. S'ensuivait généralement la litanie des poncifs de l'extrême droite, ces démonstrations dont l'exagération est la colonne vertébrale, la preuve ultime, tout autant que la marque, comme si une faiblesse pouvait être masquée par une virulence, et qui lui faisait dire que rien ne pouvait faire de mieux au pays qu'une bonne leçon, une bonne raclée, à tous ces pacifistes de bon aloi qui faisaient le lit de Moscou, et qu'enfin, depuis que la Milice avait été créée, l'on allait pouvoir se défendre, pourchasser les traîtres, les fusiller au poteau et aider les Allemands à restaurer la grandeur de la France. Sus aux Anglais, aux juifs et à mort les communistes ! Sus aux résistants, ces traîtres.

Jeanne avait fini par apprivoiser ces propos, car, si l'on ne choisit pas ses parents, il arrive que l'on développe, contre eux, un mécanisme de défense, fait d'un équilibre subtil de distance vitale et de bienveillance, teintées toutes deux de non-dits en forme d'évitement. Si l'on excluait cette fois où elle avait surpris son père en discussion avec le chef de la Milice locale, elle aurait certes nourri une grande amertume et souffert de son sang, mais le Rubicon ne lui eût curieusement pas semblé franchi.

Dire du mal du désordre, de la faiblesse des dirigeants, de l'opportunisme d'un général, en réalité simple colonel et condamné à mort, et défendre un maréchal, lui semblaient des actes finalement bien temporels, que seule la jauge des années pourrait qualifier de criminels. Et encore n'en avait-elle que confusément conscience, car il eût fallu qu'elle fût calibrée à l'aune d'un humanisme qui n'imprégnait, de toute évidence, pas l'époque. Tout cela lui inspirait donc une indulgence que confortait le caractère répandu en France des positions de son père.

La France, d'une certaine manière, ne s'autorisait pas la nuance.

Autrement plus fort était son trouble, depuis peu, et notamment cette rencontre avec ce chef de la milice. La cristallisation des deux France, celle du dedans et celle du dehors, dont l'histoire allait progressivement accélérer la partition, mais qui, en ce début d'année 1942, ménageait encore, pour la grande majorité des Français, la possibilité du ventre mou, la noyant de lâcheté et l'imbibant, pour beaucoup, de fausse compassion ou d'ignorance feinte. Cette incertitude ne lui était plus permise. Comprenant le parcours, en forme d'impasse, dans lequel s'engageait son père, mais s'en détachant avec force, Jeanne privilégiait son instinct aux valeurs imposées.

Elle les avait donc vus, un soir d'avril 1942. George F., notoirement connu pour ses positions anglophobes et ayant de nombreux contacts avec Vichy, pour ses propres affaires – un commerce de matériel à bestiaux, qu'il avait dû vendre, se recyclant dans des « affaires » plus lucratives, dont les autorisations d'exercer avaient été monnayées au plus haut de l'administration vichyssoise, trop heureuse de contrôler ainsi un gros poisson –, George F. donc, en grande conversation avec cet homme qui ne pouvait être que son père, légèrement courbé, penché en avant, comme écoutant une confidence. Ils étaient tous deux au Café du Centre, au vu et au su de tous.

À un moment, George F. se leva, faisant mine de partir, ce que l'autre chercha à prévenir, lui remettant un papier, non sans avoir hésité. À ce moment-là, il sembla à Jeanne que l'opprobre serait jeté à jamais sur sa famille, comme une ombre d'infamie, dévolu jeté d'En-Haut et à la face du monde. Jeanne était trop loin pour reconnaître le papier et sa colère était pure, dénuée de toute crainte, autre que la honte d'une telle ascendance.

Tout à fait résolue à parler à son père, elle s'empressa de revenir dans l'appartement cossu qu'ils habitaient, rue Saint-Sabin, et l'attendit, voulant, à tout prix, avoir une explication avec lui. Et ce, avant l'arrivée de sa mère, partie, comme toutes les fins d'après-midi, vendre les quelques blouses confectionnées par ses soins et qu'elle destinait à un groupe de familles intéressées qui présentaient l'avantage, compensant le fait qu'elles habitaient « à l'autre bout de la terre », d'être discrètes et de ne pas poser de questions sur l'origine du tissu.

Enfin, il arriva. Elle ne lui laissa pas le temps de souffler :

— Papa ! Comment est-ce possible ? Tu ne peux pas t'afficher avec ce F. ! Ce n'est pas possible ! Tu te rends...

— Ma fille ! Ce sont mes affaires et, si nous avons de quoi nous nourrir, c'est bien parce que ton père se débrouille. Et ta mère aussi. Alors, ne va pas...

— Comment ? Mais je préfère mourir ! Tu entends ? Je préfère mourir plutôt que de...

— Mais tu ne sais pas de quoi tu parles, Jeanne ! Et puis je t'interdis d'élever la voix ainsi. Je suis ton père, tu me dois le respect.

La tension, sans retomber un instant, envahit silencieusement tout l'espace et les corps firent machinalement quelques pas de côté après un tel affrontement, d'une violence inouïe pour Jeanne. Le père finit par rompre le silence, sans pour autant en diminuer la tension :

— Et puis… Je voulais te le dire, Jeanne : tes relations laissent à désirer. Je ne parle pas de tous tes amis de la faculté, mais de cette juive… cette israélite, je ne sais plus comment elle s'appelle… Jeanne, vraiment ! Ouvre les yeux ! Nous avons basculé dans un autre monde… Il importe d'être du bon côté. Ne te compromets plus avec cette pauvre fille, c'est ton père qui te le demande. Tu m'en remercieras un jour.

Calmement, mais la morgue au verbe, il reprit :

— Toi qui aimes la littérature, lis Brasillach. Tiens regarde ! C'est dans le journal : « … On va au théâtre ? La salle est remplie de singes… Dans l'autobus, dans le métro ? Des singes… » Ce n'est pas moi qui le dis ! Brasillach ! La France est gangrenée, te dis-je !

Jeanne ne put en supporter davantage et s'enfuit dans sa chambre où elle pénétra en claquant la porte derrière elle. Elle cria une dernière fois :

— Plutôt mourir ! Tu entends ?

Ne voulant pas que ses sanglots fussent vus par son père et qu'ils révélassent une quelconque faiblesse, elle ne l'entendit pas maugréer : « … ton amie, je vais m'en occuper de toute façon… » Car elle pleurait, en effet, et ses larmes étaient tout autant dirigées contre le sort qui la faisait découvrir enfin, avec horreur, l'ignominie paternelle, mais aussi contre tout ce temps perdu précisément à ne pas l'admettre, à stagner entre deux eaux, comme beaucoup de Français.

Non, vraiment, Jeanne n'était pas faite pour rester les bras croisés à attendre une hypothétique délivrance venue de l'extérieur. Cela faisait d'ailleurs quelques semaines que, modestement, elle agissait. Son travail, c'était ainsi qu'elle l'appelait, « n'avait rien d'extraordinaire », selon elle : prendre des papiers dans une boîte aux lettres, les transporter en un autre endroit et attendre les instructions de son contact, toujours le même, la seule personne qu'elle connaissait à ce jour dans le mouvement qui l'avait recrutée. « Recrutée » n'était pas exactement le terme : Jeanne avait cédé aux avances d'un jeune homme dont elle partageait le même cycle d'études à la Sorbonne – histoire de la civilisation anglaise – et qui l'avait fascinée à l'évocation de sa vie secrète. Agent de liaison dans un mouvement de résistance. Le simple fait de qualifier « de résistance » les actions qu'il menait avec ses camarades lui avait conféré, à ses yeux, une aura et un intérêt que redoublait inconsciemment en elle la volonté de compenser les agissements de son père.

Le jeune homme et Jeanne s'étaient, au départ, vus comme peuvent le faire des camarades de classe, puis, presque insensiblement, les sujets de discussion étaient passés des différences de mentalité entre les Anglais et les Français – les premiers recueillant leurs faveurs, dans un mélange de reconnaissance et d'admiration mêlées, car c'étaient moins les mentalités individuelles que la force morale d'une nation tout entière qui était louée – aux moyens d'agir, depuis la France. Jeanne était parfaitement ignorante du comment agir, mais elle semblait rassembler sur ses épaules toute l'énergie de la partie encore minoritaire d'un peuple laissé exsangue par l'exode, revigoré par la résistance des Anglais et surtout progressivement prêt à reprendre espoir aux premiers exploits à venir des quelques forces françaises libres déployées en Afrique.

Dans l'esprit et le cœur de la jeune femme, l'ardente énergie qui l'animait pour défendre son pays se confondait depuis quelques semaines avec ce jeune homme, nommé René. Qu'elle fascina pour le restant de ses jours. Pour leur malheur commun.

14.

New York, 15 septembre 1954, 4 heures du matin

Pénétrant dans le hall du St Regis, Bart était exténué et c'est en zigzaguant qu'il se dirigea vers la réception, puis, sa clef en main, vers les ascenseurs. Il ne remarquait plus le style fastueux de cet hôtel qui l'avait pourtant ébloui quelques jours plus tôt, lorsqu'il y avait pris ses quartiers, acceptant l'offre de séjour que lui faisait un ami argenté, féru d'art comme lui. Ne tenant plus debout, il s'appuyait contre le mur puis basculait en avant, passablement éméché, lorsque l'ascenseur parvint enfin au rez-de-chaussée et s'ouvrit.

Dans un état second, il s'engouffra dans la petite pièce mobile, cherchant à reprendre ses esprits et reconnaissant au léger ronflement du moteur, tout comme à la pression qu'il ressentait dans les jambes, qu'il s'élevait. Une personne avait dû appuyer sur le bouton d'appel avant qu'il ait eu lui-même le temps et la présence d'esprit de repérer la commande pour son étage.

Il ne lui semblait pourtant pas avoir bu plus que de raison, mais, décidément, la tension nerveuse accumulée ces derniers jours ne lui réussissait pas et il lui fallait du repos, car le dîner tant attendu avec Zelda était programmé pour le soir même.

Lorsque les portes s'ouvrirent, il se trouva nez à nez avec une jeune femme en pleurs, apparemment choquée et cherchant à fuir l'étage.

— Laissez-moi entrer, s'il vous plaît ! Aidez-moi !

Il ne la reconnut pas immédiatement, car elle ne portait plus la jupe blanche qui l'avait fait communier avec la foule quelques heures plus tôt et dont il connaissait jusques aux moindres plis. Dans un réflexe qui le surprit lui-même et que ses faibles forces n'avaient étonnamment pas éteint, il empoigna la jeune femme par le bras et l'entraîna à l'intérieur, tout en manipulant la commande leur permettant d'atteindre les étages inférieurs où se trouvait sa chambre. Les dix secondes que dura la descente lui semblèrent assez irréelles, comme il peut arriver que l'on soit embarqué dans une situation que l'on ne contrôle pas, et qui vous laisse quelques instants pour apprécier son incongruité. Même s'il soutenait avec force la jeune femme dont il avait passé un bras sur ses épaules et qu'il retenait par la taille, celle-ci semblait ne plus pouvoir tenir debout, perdue dans ses pleurs, terrorisée et pourtant belle dans le reflet argenté des lambris de la cage d'ascenseur.

Comme au plus fort du temps où l'ennemi était réel et où les coups tombaient même après que les cris avaient cessé, Bart luttait comme s'il lui était donné enfin la possibilité de vaincre.

Ils arrivèrent dans sa chambre et Bart jugea qu'il n'était plus nécessaire de soutenir cette femme, ce *monstre* qui pleurait, mais qu'il avait fini par reconnaître. Plus icône sexuelle que jamais, le *monstre* reprenait ses esprits et séchait son maquillage, autour des yeux, entre deux tressaillements.

Elle regardait maintenant fixement Bart, qui s'était écarté, et semblait une *autre*, une autre que le *monstre*. Son visage exprimait une surprise et une gratitude qu'avec timidité son corps traduisait, en avançant vers lui. Bart retint son souffle, mais la jeune actrice vint se blottir contre lui, cherchant ses bras, qu'il hésitait à donner. Il sentit celle-ci s'abandonner, le corps peu à peu pesant, tendant à épouser son propre corps et n'en former qu'un...

Partagé entre le désir de la consoler par la voix et celui de l'étreindre comme elle l'y invitait – de toute évidence, la jeune femme semblait vouloir se donner à son sauveur –, Bart ne savait que penser, car ils n'avaient pas échangé une parole depuis qu'il l'avait découverte sur le palier, attendant l'ascenseur ; il ne comprenait rien à sa détresse réelle et sentait bien que les mots pouvaient être inutiles. Il resta ainsi un moment entre deux mondes, comme suspendu au-dessus du temps.

Lentement, sans desserrer son étreinte, elle releva la tête, quittant cette épaule où elle s'était abandonnée, et le fixa bizarrement, comme lorsque l'on attend de l'autre une réaction qui ne vient pas. Sous le fard, sous le maquillage à moitié parti et les larmes séchées, elle était divinement belle et, un instant, il crut reconnaître un visage familier. Mais il ne vit que le *monstre* en elle, cette chose presque immatérielle, ce concentré de beauté absolue, sans âme. Oui, c'était bien Marilyn Monroe qu'il tenait dans ses bras. Mais de Zelda, toujours point. Il est vrai que la Zelda qu'il avait rencontrée ne jouait pas de la même manière de son corps et sa beauté, peut-être plus grande, car naturelle, était surtout plus profonde. Différente.

Les yeux mi-clos, Marilyn semblait l'implorer de l'embrasser. Il voulut alors articuler quelque chose, et dire qu'il ne « pouvait pas… » Car c'est à cette seconde précise qu'il comprit à quel point il appartenait déjà à Zelda, cette jeune femme qu'il avait rencontrée, écrivant dans un musée, griffonnant un début de poème, spirituelle, éprise du même goût pour la vie et pour l'art. Et surtout, la première à savoir effacer en lui, par la magie de son charme, le spectre de Jeanne. Zelda ne lui avait-elle pas dit qu'ils avaient souffert tous les deux ? N'avaient-ils pas déjà tout compris l'un de l'autre et ne lui avait-elle pas confié que l'histoire qu'il lui avait contée, sa captivité, ce moment de confession d'un compagnon de cellule, juste avant de mourir, l'avait émue plus qu'il ne pensait ? Et puis, ne lui avait-elle pas dit qu'ils étaient, tous les deux, « aussi forts que des toiles d'araignées dans le vent »[9] ?

Cette image l'avait marqué, car il la trouvait juste. Elle traduisait si parfaitement ce fil ténu de l'existence éprouvé autrefois durement. Ce fil si fragile qui résiste pourtant au souffle puissant, mais sans prise, du néant.

Oui, ils s'étaient reconnus et c'était un don du ciel qu'ils en fussent conscients tous deux. Comme c'était un don du ciel que toute la mécanique des gestes ou décisions élémentaires, qui les avaient conduits, ce jour-là, au même musée, à la même heure, ait été si parfaitement accordée, d'un côté comme de l'autre. Qu'à la seconde près, le regard de l'un ait accroché celui de l'autre, que les consciences aient

---

[9] Ce vers est tiré d'un poème de Zelda, écrit à la même époque : « … Mais forte comme une toile d'araignée dans le vent / J'existe davantage avec le givre froid et scintillant… »

ensuite tenté de prendre les rênes du hasard – car Bart s'était rapproché, et s'il tenait sa notice à l'envers n'était-ce pas l'ultime résistance des objets aux deux mondes s'accostant ? – et qu'un faux mouvement ait entraîné le carnet qui tombe, la suite n'ayant été qu'une douce ascension subie, les menant tous deux, sur un trottoir, à un baiser, dans un autre lieu et dans le froid, au son du moteur d'un taxi qui attend.

Sentant le corps de l'actrice tout contre lui et, n'éprouvant que l'étrangeté du moment et d'une bouche donnée, il voulut lui dire que c'était précisément parce qu'elle était la plus belle des fontaines qu'il ne la goûterait pas… que c'était grâce à cette autre femme, rencontrée ici même, à quelques blocs de là… oui, que c'était grâce à cette femme, qu'il voyait enfin clair en lui, après tant d'années.

Il était sorti de la guerre, dix ans plus tôt, brisé et désespéré et son incapacité à accorder désormais sa confiance à autrui, il la devait à ces sentiments qu'il avait éprouvés en ces périodes troublées – l'injustice, la trahison et la haine –, qui l'avaient façonné à l'image d'un guerrier, se méfiant de tout. À commencer par ses propres passions. Il s'était détaché du réel et oui, il en était sûr, grâce à cette femme, qui n'était pas une illusion, mais la vie, il renaissait, reprenant goût au temps et aux choses.

Il articula un prénom : « Zelda… » et s'apprêtait à ajouter qu'il l'avait rencontrée il y avait une semaine à peine, qu'elle semblait faite pour lui, que, déjà… Mais le *monstre* posa un doigt sur sa bouche et ne voulut pas savoir.

Avec lenteur, leurs corps se séparèrent et *elle* remit de l'ordre dans ses cheveux, les yeux baissés.

Puis, comme dans un film, avec sensualité *elle* l'interrogea tout de même, simplement : « Zelda ? » Tout de suite, il lui répondit, les deux mondes, celui des paillettes et celui de son cœur, ne se rejoignant décidément pas :

— Vous êtes et vous étiez magnifique… Vous savez, je vous ai vue ce soir… cette nuit, enfin… tout à l'heure. Vous étiez divinement… sexy… et coquine… et mutine !

Cherchant un adjectif qui eût su conjuguer la force de l'émotion qu'il avait ressentie toute la soirée et le respect qu'il voulait lui porter, Bart offrait à Marilyn Monroe, pensait-il, le spectacle désolant de sa timidité. Il était sidéré par l'idée d'avoir tenu le *monstre* dans ses bras, quelques instants. Quelques instants seulement, car *elle* s'était finalement détachée de lui, se mouvant avec grâce dans l'espace exigu de sa chambre et semblant flotter.

— À un moment donné, j'ai même eu la sensation que vous me regardiez, entre deux prises ! fit-il, regrettant immédiatement l'impression de suffisance que pouvait laisser une telle affirmation.

— Non… Je ne me souviens pas…, dit-*elle* simplement.

Avant d'ajouter, d'une manière qui aurait pu paraître curieuse et triste, et dont il ne perçut que le caractère négatif :

— Ou plutôt si. Je vous ai regardé, mais ce n'était pas moi…

Reprenant le fil de sa pensée, elle poursuivit :

— Vous disiez… Zelda ? Comment est-elle ?…

Le ton de cette question, pourtant posée avec douceur, lui sembla celui du dépit, celui d'une actrice blessée, certainement peu habituée à ce qu'on lui préfère une inconnue.

Il baissa les yeux, laissant s'installer à nouveau le silence pesant des intimités retrouvées.

C'est ainsi que lorsqu'*elle* quitta la chambre, belle et transformée, il ne vit pas le sourire lumineux qui éclairait *son* visage. Car c'était bien Zelda qui sortait de la chambre, Zelda Zonk, nom d'emprunt de Marilyn Monroe lorsqu'elle se déplaçait anonymement, actrice de son état, fille de Gladys Baker, civilement née Norma Jeane Mortenson — car Edward Mortenson était encore marié à sa mère Gladys, à sa naissance.

Zelda souriait-elle à la défaite du *monstre* ? À l'ironie de la situation ? Ce jeu de rôles auquel elle se prêtait depuis toujours, dont elle était le centre et qui, ce soir, exceptionnellement, alors même qu'elle ne jouait plus, jouait pour elle, toute seule, la partition de son double. Elle qui toute sa jeune vie avait cherché à faire oublier Norma Jeane, son enfance, ses tourments, son inculture et ses blessures, au profit d'une Marilyn qu'elle voulait « merveilleuse » et « divine », aussi fascinante que Jean Harlow, première blonde platine hollywoodienne, morte à 26 ans, l'année de sa naissance, voilà qu'elle se trouvait délaissée pour Zelda, cet autre double qu'elle avait créé. À mi-chemin entre Norma Jeane et le *monstre* Marilyn. Pas tout à fait elle, ni tout à fait une *autre*, mais jamais reconnue dans la vie pour elle-même.

Oui Zelda pouvait sourire, car c'était bien elle qui avait triomphé du *monstre*, lui étant préférée. *Ne lui ai-je pas présenté maman ? À la faveur d'une photo jaunie…*

Jolie méprise qui donna à l'une l'impression d'une identité peut-être enfin révélée, tandis que l'autre se noyait dans la confusion, par excès d'alcool et par la révélation d'une capacité amoureuse retrouvée. Décidément, les lumières du Gino's, qui éclairaient si peu leurs visages, ce premier soir, avaient réussi à brouiller les âmes de ces deux-là. Dans les jours qui suivirent, alors que toute la presse la croyait affectée par ses tourments conjugaux, Marilyn resta chez elle. Elle était troublée par cette double révélation : qu'un inconnu eût pu préférer Zelda au *monstre,* elle qui toute sa vie avait souffert de n'être que celle auprès de laquelle les gens, gonflés de désir pour le *monstre,* se réveillent déçus, au petit matin, et plus encore, que cet inconnu semblât avoir partagé les derniers instants du premier rôle distribué dans son histoire la plus intime : son père.

15.

Plus enjouée que jamais, Jeanne était survoltée, ce jour-là, à l'idée de retrouver son amie d'enfance, Hélène, qui avait partagé avec elle les moments insouciants d'une scolarité que le cadre austère et majestueux de la Sorbonne continuait de protéger. Malgré les tourments, Hélène, en particulier, avait réussi à garder cette forme de fraîcheur qui la faisait s'extasier devant un poème de Keats ou les passages héroïques d'un roman de Roger Martin du Gard.

La gratuité de l'effort tendu vers un idéal esthétique – et qu'importait le chemin en permettant l'accès, musique, littérature, plaisir des sens devant un paysage, grandiose des éléments – pouvait, en ces temps troubles, n'être pas comprise, sembler superflue et disparaître dans le bruit sourd des indignités et des désertions réunies. Pour certains, elle était pourtant vitale, la seule réelle espérance, l'écume essentielle se maintenant sur la crête, par-dessus le flot des masses de ténèbres. En quelque sorte, le seul salut possible, la seule lumière évitant de sombrer. Hélène était ainsi, qui trouvait dans la littérature anglaise et la musique classique ce lien avec d'autres temps et d'autres mondes où ses origines n'avaient pas d'importance et où le meilleur des hommes côtoyait l'universel. Le régime de Vichy devait pourtant ramener Hélène à une réalité où les universités aussi pourfendraient l'innocence.

Jeanne avait ainsi vu tout un pan d'insouciance s'effondrer en elle un jour où, fière et droite comme Hélène pouvait l'être d'ordinaire, cette dernière avait fendu les groupes d'étudiants qui se massaient devant l'entrée de la Sorbonne et l'avait rejointe en haut des escaliers. Quelque chose ne collait pas : une allure faussement assurée, que trahissait une forme nouvelle dans le pli de ses yeux, comme un petit froncement figé de l'âme, l'expression d'une indulgence implorée, cachant mal une peur réelle. Une petite chose infime, un presque rien qui avait sauté aux yeux de Jeanne. À mesure que son amie s'était rapprochée, ce bout de tissu jaune, en forme d'étoile, à peine accroché sur le côté, était apparu à Jeanne comme une monstruosité.

Cela faisait un mois, maintenant – la huitième ordonnance, de sinistre mémoire, avait été rédigée le 29 mai et publiée quelques jours plus tard ; elle obligeait les juifs de France à porter une étoile à six pointes, ayant les dimensions de la paume d'une main et les contours noirs ; en tissu jaune, devait y être inscrite, en caractères noirs, l'inscription *juif* – et, d'une certaine manière, Jeanne s'était efforcée de l'intégrer dans sa vie, comme il arrive que les événements dont on redoute, par avance, qu'ils ne se produisent, finissent, lorsqu'ils prennent les contours du réel, par sembler familiers. Oui, vraiment, la lente descente vers le redouté n'a pas toujours les couleurs des cercles de l'enfer de Dante, progressifs et inquiétants. Cela peut n'être qu'une réalité nouvelle, acceptée, épousant l'ancienne et s'y substituant de manière silencieuse. L'émotion, ressentant le possible réel, dans l'antichambre du temps, marchandant avec ardeur le repos des révoltes.

Jeanne n'avait pas trouvé tout de suite en elle la force pour s'opposer à l'infamie ainsi accrochée et sa seule défense avait été une incompréhension profonde et le non-dit, pour continuer à avancer. Passées les premières heures de surprise et d'effroi, elle avait familiarisé ce tissu avec sa vie d'avant, l'avait apprivoisé, et, si son affection pour Hélène n'en avait été que redoublée, il avait provoqué en elle, pour seule révolte, un supplément d'élan amical, maladroit, mais sincère. Réconfort donné comme de la gaze sur la plaie d'un grand brûlé.

Pressée de retrouver Hélène, qui lui avait écrit un mot à la fois sibyllin et inquiet, Jeanne attendait ce jour-là au coin du boulevard Saint-Michel et du boulevard Saint-Germain. Lorsque son amie fut arrivée, Jeanne, passé le moment des chaleureuses embrassades, l'entraîna avec elle pour se promener plus bas, sur les quais. Les badauds se pressaient le long des parapets du quai Saint-Michel, des deux côtés rive gauche du pont Saint-Michel, fouillant, chinant, déplaçant et dérangeant les quelques livres, religieusement disposés dans leur boîte par ces « commerçants de livres en plein air », ces hommes et femmes passionnés, mettant en valeur l'étalage de leurs cartes postales, rangeant les petits bancs servant à atteindre les livres du fond, étirant leurs trésors du quai Voltaire au quai de la Tournelle et brisant, par leur gouaille, l'atmosphère pesante qui régnait, conséquence des mesures prises par l'occupant qui avait augmenté les espaces d'un bouquiniste à un autre, ramenant la longueur des étalages de dix à huit mètres et renforçant le contrôle des nominations en exigeant l'application de la règle de non-cumul entre un étalage sur les quais et une boutique.

— Mon père a été arrêté, dit soudain Hélène. Ils l'ont emmené à Drancy. Nous avons été le voir avec maman, c'est affreux. Il reste digne, mais on lui enlève ses habits et on l'oblige à répondre à des questions insensées… Jeanne, c'est affreux ! Qu'est-ce qu'il a fait ?

Jeanne ne savait que dire. Elle se dirigea lentement, comme mécaniquement, vers un banc en retrait, comme l'aurait fait une personne cherchant à reprendre son souffle. Les paroles de réconfort qui eussent dû lui venir en bouche ne lui venaient pas. Pendant ce temps, Hélène redoublait de détails qui ajoutaient inutilement aux faits et dressaient, entre elle et l'espoir, la barrière définitive de l'injustice. Se ressaisissant, Jeanne parvint à articuler :

— Mais Hélène, voyons, ils vont se rendre compte de ce qu'ils font, ils vont le relâcher… C'est une méprise ! Le monde a perdu la tête…

— Des Français, te dis-je, redoublait Hélène, ce ne sont pas des Allemands, ce sont des Français qui sont venus l'arrêter ! Je le sais et les voisins aussi, les K., ont tous été arrêtés il y a trois semaines, et Dieu sait que personne, personne tu entends ? Personne n'est revenu… Ils sont peut-être en Pologne, déportés… Et puis, tu sais, les conditions là-bas sont terribles, terribles, la promiscuité… Oh, Jeanne ! La promiscuité, ils n'ont plus d'intimité, ils dorment entassés les uns…

— Hélène ! Il ne faut pas perdre espoir… Je suis sûre qu'il y a moyen de faire quelque chose… Promets-moi une chose : ne perdez pas espoir et faites ce qu'ils demandent pour le faire libérer.

— Tu sais pourquoi ils l'ont arrêté ? Tu sais pourquoi ? répéta-t-elle, les yeux embués. Parce que son étoile était agrafée… Tu entends ? Parce qu'elle était agrafée… et non cousue… Oh, Jeanne, c'est affreux !

Les quelques instants que dura leur conversation furent pénibles pour l'une et l'autre des deux amies. De silences entrecoupés en silence prolongés, elles se mirent à rouvrir les yeux au monde extérieur et furent témoins d'une discussion animée qui se déroulait sous leur nez :

— Je te dis qu'il suffit de rajouter un sept ! Je l'ai déjà fait une fois et ça marche. Je m'en suis servi pour aller chez Pinton, moins risqué que la mère Mourdin ! Il y a vu que du feu ! Faut dire que je m'étais appliqué : deux fois que j'ai recommencé !

Sans prendre garde au bruit qu'ils faisaient et manquant de tomber en reculant, deux garçons filaient le long du quai, le premier remettant sa carte de tickets dans sa poche de veston, non sans avoir cherché du regard l'approbation de son complice. Car le temps était aussi aux débrouillards, profiteurs, mais pas mauvais garçons, abusant des commerçants et changeant des tickets de 50 pour des tickets de 750.

Jeanne prit Hélène par le bras, inclinant sa tête légèrement vers elle. Elles remontèrent ainsi vers la rue Saint-Jacques.

16.

Longtemps après que l'actrice américaine l'eut quitté, Bart se demandait encore pourquoi il avait agi de manière aussi étrange. En présence d'une telle femme, en présence de Marilyn Monroe – et s'il ne s'agissait que de sa présence… mais cette étreinte, ce contact physique, sa taille et sa bouche qui se donnaient –, en présence d'une telle beauté ahurissante, il n'est pas courant qu'un homme recule, se disait-il.

Oh, il n'en concevait pas un complexe, pas plus qu'il n'en nourrissait une quelconque fierté ! Il n'avait fait que son devoir en la réconfortant, en la mettant à l'abri, même si ses pensées étaient ailleurs. À l'abri de quoi, il n'avait pas cherché à savoir. Pourquoi était-elle en pleurs ? Il n'aurait su le dire. Le souvenir de ces instants était embrumé par tout cet alcool ingéré, cette confusion des images, celles volées à un mythe qui s'écrivait sous ses yeux, et celles dont il ne savait plus réellement s'il les avait vécues ou rêvées, avec cette bouche qui s'offrait.

Ce qui lui apparaissait plus nettement, en revanche, c'était ce qui s'était passé depuis une semaine à New York, cette rencontre et ces certitudes balayées. Balayées dans la mémoire d'un sourire qui lui était adressé, à l'arrière d'un taxi new-yorkais. Oh oui ! Tout le conduisait en pensées à Zelda. Zelda qu'il attendait, précisément, depuis quelques instants, devant le salon de beauté Elizabeth Arden, sur la 5e avenue.

Faisant les cent pas, il fixa son regard sur la fumée qui sortait d'une bouche d'égout, devant lui, à quelques mètres. Perdu dans ses pensées, il lui sembla un instant que les volutes de vapeur s'échappant à travers les fines barres de la plaque de ferraille posée à terre, étaient un concentré des moments de sa vie, il y avait bien treize ans maintenant, où, enfermé et avec pour seule lumière ce que laissaient passer d'autres barreaux de fonte, il avait vécu les pires heures de sa jeunesse.

Ces gouttelettes d'eau étaient comme un voile, encore brumeux, soulageant l'emprise de ces heures de plomb, les libérant de leur poids, et leur disant : « Vous avez été vécues, mais vous partez en fumée et vous permettez à d'autres heures d'être vécues… ». Cette image, ô fugace ! lui fit un bien immense et la distance absurde de ces instants de guerre avec une icône des salles obscures ne l'étonnait plus ; c'était bien Marilyn Monroe qui lui avait offert cette découverte d'une Zelda qui le libérait du passé. Il ne savait pas à quel point le *monstre* était familier de Zelda, mais l'essentiel pour lui était ailleurs. Il se revoyait de l'autre côté de l'atlantique, à la sortie de la guerre, perdu dans Paris, cherchant plusieurs jours de suite à l'hôtel Lutetia, avenue du Maine, le nom d'une jeune femme désespérément absent du registre des survivants des camps. Ne verrait-il donc jamais ce nom sur les diverses listes publiées ? De quoi aurait-il suffi ou qu'avait-il manqué pour qu'elle trouvât sa place parmi les autres malheureux, rentrant d'entre les morts ?

Il avait cherché la réponse à cette question et avait erré plusieurs jours dans Paris. Chasser ce souvenir lui avait toujours été impossible et les longues heures passées à attendre et espérer qu'un matin Jeanne apparaisse dans le hall du Lutetia, dans quelque état que ce fût, mais vivante, n'avaient cessé de le hanter. On aurait dit qu'il avait pris pied depuis sur une terre inconnue et fragile, et dangereuse, qui s'était séparée des côtes rassurantes du réel, et qu'il s'y était perdu. La vie, le temps, peut-être une différence de latitude, Zelda bien sûr, mais aussi cette énergie incroyable qu'il trouvait au décor, New York, *même si une ville n'est jamais que l'habit d'une illusion*, se disait-il, tout cela l'avait finalement reconstruit au point qu'il se sentait enfin prêt à reprendre pied sur d'anciens rivages connus. Et ce n'était pas du macadam de la 5e avenue qu'il s'agissait.

Il pourrait vivre à nouveau. Et s'étonnait, par avance, de mettre fin à cette parenthèse qui avait duré si longtemps. Comme si les courbes rondes de Zelda étaient une autre parenthèse qui s'ouvrait à lui, pleine d'avenir.

Mais Zelda était en retard et Bart décida de rentrer dans ce restaurant qu'elle lui avait indiqué, situé juste à côté du salon de beauté. La fumée, les conversations des clients et cette musique qui semblait attaquée, par vagues successives, par le bruit extérieur qui s'engouffrait et balayait tout, à la faveur des entrées et des sorties, toute cette disharmonie le tira de ses pensées.

Il ne voulut pas préjuger de l'endroit qui conviendrait le mieux à Zelda, face à l'entrée ou plus loin, dans la seconde salle qui n'était pas encore remplie, s'assit au bar et commanda un verre de vin rouge dont il s'enquit d'abord de l'origine, par habitude, puis laissa tomber, devant l'incompréhension réciproque du barman.

L'œil attiré par une télévision qui se trouvait juste au-dessus de la rangée de bouteilles de scotch, devant lui, son esprit vagabondait sur les images de ce qui semblait être un reportage d'actualités où l'on voyait une multitude de photographes et cameramen attendant, à l'extérieur d'un bâtiment, la sortie d'une personnalité. Bart ne parvenait pas à en saisir les commentaires, mais l'animation qui régnait, les mouvements désordonnés de la caméra et soudain la furie qui s'empara de la foule amassée, captèrent définitivement son attention. Un couple sortait du bâtiment, faisant face à de nombreux micros tendus, et peinait à avancer vers ce qui avait l'apparence d'un pupitre installé pour eux. Au bras d'un monsieur assez âgé et rond, se tenait, droite, triste et digne, un mouchoir à la main, une jeune femme divinement belle qu'il ne reconnut pas immédiatement, tant elle était différente de la dernière image qu'il avait imprimée d'elle, en pleurs, séchant ses larmes et quittant sur la pointe des pieds sa chambre d'hôtel, une nuit plus tôt.

Marilyn Monroe, accompagnée de son avocat, déclarait à la presse son intention de divorcer de son second mari, Joe DiMaggio, une des plus grandes stars de base-ball.

Fasciné, curieux et se sentant lui-même acteur de la scène qui se jouait devant des millions d'individus avides de sensationnel, Bart comprenait mieux que quiconque, sans avoir besoin de prêter l'oreille aux commentaires, que cette femme que le monde entier admirait et adulait, se débattait dans sa vie personnelle. Bart le savait ô combien et, contrairement aux badauds autour de lui dont les médisances allaient bon train, il n'avait pas le sentiment d'assister à la mise en scène orchestrée d'une star soucieuse de faire parler d'elle dans les pages people du *New York Daily News* ou, pire encore, dans une « gutter press » en plein essor. Non, il s'agissait bien de la détresse d'une femme battue, cherchant à accorder le réel à une image de glamour qu'elle avait construite par son talent – ce *monstre*, que les hommes ne comprenaient pas, surtout lorsqu'ils étaient violents et lui étaient mariés, ce *monstre* qu'elle n'était pas. Créé de toute pièce par l'ambition et le rêve, nourri au drame de la misère et des traumatismes d'enfance, le *monstre* disait à Zelda, comme pour s'excuser d'être là, face aux micros : *Je voudrais t'aider, mais je dois d'abord leur jouer la comédie, donner mon sourire ou mes larmes et un jour peut-être mon sang... Regarde-les, toutes ces sangsues.*

Les minutes passaient et Zelda n'arrivait toujours pas. Le souvenir de leur soirée en profitait pour remonter par intermittence à sa conscience, mais les paroles qu'ils avaient échangées, pourtant gravées dans sa mémoire, semblaient vivre leur propre destin, se précipitant à ses oreilles, dans un charivari d'images et de sons :

— Mais je vous assure que nous en sommes à notre deuxième bouteille de champagne !

— Seulement ? Ce n'est pas possible.

— Mais pourquoi avez-vous accepté de danser avec lui ?

— Comment ? Mais c'est vous qui avez lâché votre cavalière, cher monsieur le Français ! « You snooze you lose! », s'amusait-elle.

— Encore une expression que je ne comprends pas, attendez un peu !...

Les deux ambiances se confondaient, celle endiablée du Gino's, ce fameux soir, et celle plus *cosy* de ce restaurant plus chic dont les convives, moins remuants, semblaient se mouvoir dans du coton. Bart était incapable de fixer son attention sur eux, partagé entre deux moments de vie. Après quelques instants de divagation, Bart commença à concevoir une forme d'énervement contre le reportage en direct, qui continuait de le distraire, certes, de son attente, mais qui l'empêchait de vivre pleinement ces instants qu'il voulait pour Zelda, fussent-ils à goûter son absence. Car les minutes s'égrenaient et cela en faisait maintenant quarante qu'il se morfondait. N'y tenant plus, il alla s'asseoir à une table et continua à suivre, de loin en loin, les images de l'actrice américaine qui semblait refuser les micros et s'abriter derrière son avocat.

Cette conférence de presse est une comédie, mais sa peine n'était pas feinte hier soir, ne cessait-il de se dire, repensant à leur étreinte inachevée. Il se résigna à quitter le café deux heures après l'heure convenue, triste à en mourir et incapable de s'intéresser plus à une Marilyn Monroe, que l'on voyait enfin quitter les lieux de la conférence de presse, s'engouffrant dans sa voiture, soulagée d'en avoir fini avec cette épreuve et indiquant, dans un dernier geste aux journalistes, de la laisser tranquille.

Il ne la vit pas se transformer, remettre ses lunettes noires, recoiffer prestement ses cheveux sous un foulard blanc et, soudain préoccupée, dire quelques mots à son chauffeur. Le *monstre* avait fait son travail. Zelda reprenait ses droits, enfin libérée, et la petite Norma Jeane voulait en savoir plus sur son papa, peut-être sur le point de mourir, en 1942.

17.

Blaise n'en revenait pas ! Cette jeune femme avec laquelle il avait goûté le charme d'une première rencontre où chacun avait ressenti le plaisir de l'autre, cette femme, donc, très belle, était vendue aux boches ? Cela se pouvait-il ?

Il ne se demandait plus si ce jour-là il n'avait pas rêvé. Passé les moments de déception, de colère, et cette course vers son train qu'il avait failli rater, les choses étaient allées très vite et rares avaient pu être les occasions où, s'échappant de l'action, il avait pu réfléchir. L'enchaînement des tâches et la prise de risque, au plus fort des tensions, avaient du bon et l'avaient détourné de cet événement, finalement sans importance, qu'il avait fini par relativiser : *oui, elle est aux boches, et alors* ? Tout cela ne faisait que renforcer sa détermination et son engagement, les ramenant, par un curieux détour personnel, à leur dimension universelle. Oui, il fallait lutter contre l'ennemi ! Éradiquer l'infamie qui diffuse et touche la patrie dans ses propres enfants.

De retour de plusieurs jours dans le sud de la France, son patron n'était pas de bonne humeur, car les dirigeants de mouvements qu'il avait rencontrés n'étaient pas enclins à mettre en commun leurs équipes et les organiser au sein d'un réseau unifié. La reconnaissance de De Gaulle leur semblait discutable depuis que Giraud était rentré dans la danse et tous ne pensaient qu'à rejoindre l'Afrique du Nord pour « se placer », comme s'ils luttaient plus vigoureusement pour leur propre carrière que pour la défense de la France. Il faut dire que les récentes mesures de Laval, instaurant le service du travail obligatoire en Allemagne, avaient gonflé l'importance des mouvements. Ceux-ci voyaient affluer en leurs rangs quantité de jeunes gens opposés à cette mesure. Jusqu'alors, pour la plupart, incapables de s'engager de leur propre chef, ils étaient touchés dans leur quotidien et n'imaginaient « tout de même pas aller s'échiner pour les boches ». Ils étaient inexpérimentés et nombreux. L'enjeu pour les mouvements de résistance était de canaliser toute cette énergie et l'organiser.

Outre son travail de secrétaire, recrutant des courriers chargés de la levée de boîtes aux lettres – le dernier était ce René, 20 ans, étudiant à la Sorbonne –, Blaise devait préparer pour son patron de nombreuses pièces, coupures de presse, rapports radio, comptes rendus de réunions, etc., et, plus prosaïquement, l'aider à s'y retrouver dans le dédale des cartes de rationnement. Cela consistait essentiellement à recenser les boutiques aux devantures desquelles l'on trouvait des tableaux noirs où étaient écrites, selon les jours, de nouvelles consignes : « Contre remise des tickets DL et DP : 250 g de pâtes » ou encore « Aujourd'hui ticket DZ et DA validés. Disponibles : pommes de terre, pâtes, lentilles ». Il s'agissait d'aller chercher les denrées en question muni des bons d'achat adéquats. Qui n'évitaient pas d'interminables moments d'attente. Sans oublier les titres divers, cartes de chauffage, attestation de non-appartenance à la race juive ou encore demande d'allocation de charbon supplémentaire, tous sésames que différents bureaux délivraient aux différents coins de la ville.

— Qui reste-t-il à prévenir pour la réunion du 10 ? commença-t-il, sans s'enquérir de la santé de Blaise, s'inquiéter de ce qu'il arrivait à se chauffer correctement ou toute autre attention qu'il avait d'ordinaire pour lui, malgré le peu de temps où ils se voyaient.

— Plus personne, tout le monde a reçu le mot. Et j'ai même reçu trois réponses : Chandrin, Coucol et Leduc, via Lenoir, mais cela semble sûr.

— Je ne sais pas ce qui en ressortira, mais il faut qu'ils comprennent enfin. Que de temps et d'énergie perdus ! Où en sont les liaisons avec Londres ? J'avais demandé qu'ils sécurisent les tranches horaires... Cela n'est plus supportable ! Quand tous les radios se seront fait arrêter, comment ferons-nous ?

Blaise n'osait dire quoi que ce soit, car, conscient que son rôle était avant tout administratif, il ne s'autorisait pas, devant le patron, une quelconque remarque qui aurait pu prendre d'aussi loin que ce fût, l'apparence d'un jugement sur les choses. Oui, les tiraillements entre Londres et la métropole étaient le triste lot quotidien, comme un fossé séparant viscéralement le champ de la sémantique de celui de l'action. Comme un infranchissable mur pour tous ces gratte-papier analysant des cartes, des comptes rendus, des rapports et qui jamais n'éprouveraient physiquement le sel d'une transpiration, la perte des sens lorsque les yeux vous sont bandés ou lorsque le goût du sang vous monte à la gorge, avant d'expirer au poteau. Un autre monde. Mais les choses allaient ainsi et, s'il importait de garder en soi toute matière à révolte, il était essentiel qu'elle ne fût pas détournée de son objet : Londres n'était certes pas l'ennemi.

Blaise croisait les yeux de son patron et, à mesure que la discussion avançait, il ne pouvait s'empêcher de penser que cela se voyait. Il était évident que le patron avait vu. C'était évident comme deux et deux font quatre ou comme le fait qu'un poêle à charbon ne chauffe pas avec des miettes, des débris, ou autre chose que du charbon. L'interdiction qui était faite aux jeunes parachutés de Londres de « rencontrer » quelqu'un ne lui avait jusqu'alors jamais posé problème, mais ce matin-là il prenait conscience du caractère abominable de son comportement récent : il avait rencontré Jeanne et elle était de toute évidence compromise avec l'occupant. Son patron ne pouvait pas ne pas voir, ne pas sentir, ne pas deviner que quelque chose s'était brisé en Blaise. Tout ce qui l'animait d'ordinaire, la patrie, la nation, le devoir, tout cela était bien impuissant devant la force des sens et ne pouvait que transparaître dans le regard et les gestes. Lorsqu'il y réfléchissait, il cédait parfois à la dénégation et considérait, un instant, que ses craintes étaient infondées, qu'il y avait peu de chances que cette femme, dont le visage était celui d'un ange, pût incarner le mal absolu. Et, après tout, discuter avec des gens dans la rue était tout à fait permis. Inoffensif. Mais, s'ils n'avaient fait que discuter !

Perdant la perception des choses, car le monde de l'émotion se découvrait, surpuissant, se sentant mal et commençant à transpirer d'une manière qu'il pensait visible, Blaise imaginait une autre rencontre, d'autres rencontres, avec Jeanne. Il est vrai que la retrouver dans son quartier était un jeu d'enfant, tant les contraintes alimentaires poussaient les gens à sortir aux mêmes heures pour accomplir les mêmes gestes. Blaise ne savait plus s'il rentrait de plain-pied et à tous les pores de sa peau défendant, dans un monde imaginaire, celui de ses désirs, et s'il en accélérait ou retardait l'empreinte sur le temps, se plaçant plusieurs scènes en avant ou goûtant aux ressouvenances du passé. Il projeta, en revanche, et avec effroi, le moment où sa relation avec Jeanne serait découverte et où son patron lui demanderait des explications.

Nombreuses et docilement rangées sur ses tempes, les gouttes de sueur perlant à son front, devant un patron qui ne se rendait compte de rien, n'étaient peut-être que les témoins en avance et bien inutiles d'une réalité qui ne serait pas.

18.

New York, 15 septembre 1954, le soir.

Avides de sensationnel – le divorce de Marilyn Monroe allait faire la une de la presse pendant de nombreuses semaines –, les journalistes étaient heureux de l'occasion qui leur était donnée de se repaître du malheur de *l'autre*. Car, comme toujours, c'était elle, *l'autre*, que l'on venait voir, observer, scruter, et dont on espérait des larmes, une tristesse, ou quelque chose que l'on pourrait prendre et commenter à longueur d'article.

Alors, *elle* avait donné le change et, même si les circonstances *lui* évitaient d'avoir à sourire, de ce sourire qu'*elle* avait appris, par en dessous, les lèvres légèrement entrouvertes et les yeux mi-clos, *elle* avait joué son rôle à la perfection. Il faut dire que l'avocat avait tout réglé et répondu à toutes les questions, il en avait l'habitude : c'était lui qui avait défendu toutes les stars hollywoodiennes depuis plus de trente ans, de Chaplin à Mitchum, en passant par Flynn ; lui qui, quelques années plus tard, ferait acquitter la fille de Lana Turner, meurtrière du gangster, amant de sa mère, Johnny Stompanato. Par moments, Zelda avait eu envie de crier, de dire de *la* laisser tranquille, la *monstrueuse*, mais elle-même ne contrôlait plus *sa chose* et les gens étaient venus en masse pour *la* voir.

Qu'il était loin le temps où Zelda rentrait de l'école à pied et se réjouissait de l'intérêt qu'elle suscitait ! Plus personne ne faisait attention à elle ! Non. C'était *l'autre* qu'ils voulaient voir, presque toucher, tant *elle* était accessible, cette *autre* dont aucun n'imaginait qu'elle n'existait pas, qu'*elle* n'était qu'une fiction.

L'avocat avait eu beau faire patienter la horde de journalistes agglutinés devant le pavillon de *l'autre*, rien n'y avait fait et lorsque, enfin, le *monstre* avait paru, après de longues minutes d'attente, cela avait été une cohue inimaginable. La conférence de presse avait des allures de visite au zoo. Quelques images de la *monstrueuse,* séchant ses larmes et offrant à la planète entière les traits d'une jeune femme triste, parée d'une tunique à fermeture éclair qui lui remontait sous le cou et semblait détacher son visage du reste de son corps. *Elle* n'avait rien dit, alternant, avec une justesse inouïe, le masque de la tristesse et celui de la peur. La peur du *monstre* traqué qui veut s'échapper. À la faveur d'un reflet dans la vitre, au moment de rentrer dans sa voiture, *l'autre* laissa un instant Zelda reprendre vie et s'effrayer d'une telle mascarade. Oui vraiment, *l'autre* est devenue un phénomène de foire que je ne contrôle plus, mais, Dieu, quel talent *elle* a et qu'*elle* joue la femme éplorée à merveille, se disait Zelda !

Car, si Marilyn Monroe avait de nombreuses raisons de demander le divorce, dont la moindre n'était pas d'avoir été tabassée, comme une vulgaire traînée, par son jaloux de mari, Zelda avait une personnalité beaucoup plus complexe, tout autant faite d'intransigeance, incapable de pardonner lorsqu'on la trahissait, que d'indulgence envers les gens dont elle se mettait en dépendance. D'une certaine manière, *l'autre*, par l'image qu'elle s'imposait de donner à son public, l'aidait à trancher dans les cas de vie qui lui posaient problème. C'est ainsi qu'il n'était pas exclu que Zelda rappelle son *daddy Joe* dans les jours qui suivraient, pour se faire pardonner d'être allée au bout. Ce que *l'autre* démentirait avec la dernière énergie : « Non, je ne le revois plus. »

La scène s'achevant enfin – pour une fois, *l'autre* ne demanderait pas une énième prise –, Zelda n'avait qu'une hâte : rejoindre la cinquième avenue au plus vite en espérant que Bart l'aurait attendue plusieurs heures. La nuit était tombée depuis un moment sur New York et les sirènes de police semblaient faire cortège, par intermittence, à la Ford Thunderbird que Zelda conduisait en trombe. Lorsqu'elle arriva devant le salon Elizabeth Arden, fermé depuis peu, Zelda crut un instant perdre la tête – *suis-je ici pour une crème de beauté ?* –, puis se ressaisissant, s'engouffra dans le restaurant juste à côté, que Bart venait à peine de quitter, d'une démarche aussi lourde que résignée, incapable de regarder alentour si une voiture n'arrivait pas, une blonde enfoulardée à son bord.

Voyons, que m'a-t-il dit ce soir-là ? cherchait à se souvenir Zelda. *Qu'un Américain s'était échoué dans une cellule, celle-là même dans laquelle il était maintenu. Que les nazis les avaient enfermés tous deux pour des faits de résistance. Et puis que m'a-t-il dit d'autre ? Ai-je bien entendu lorsqu'il s'est amusé lui-même, me racontant cette histoire incroyable d'Hollywood surgie de nulle part… Et puis n'ai-je pas rêvé ? Il parlait d'une Gladys, n'est-ce pas ?… D'une Gladys !*

Les quelques instants que passa Zelda à l'intérieur du restaurant ne furent d'aucune utilité pour elle, désagréables, même, puisque *l'autre* risquait à tout moment d'être repérée alors que Zelda était tendue vers un seul objectif : identifier la silhouette d'un homme qu'elle brûlait de revoir pour la possibilité qu'il lui donnait d'une ascendance retrouvée, et non plus pour l'objet charmant et sexué qu'il avait pu représenter pour elle ; cela ne l'intéressait plus du tout ; toute la magie et le charme avaient été submergés par la résurgence de rêves enfouis.

Oh, maman ! Il faut que tu me dises, que tu me racontes tout. J'ai besoin de savoir…

C'est ce soir-là que Zelda décida de rendre visite à sa mère, Gladys Baker, transférée depuis le début de l'année précédente dans un institut spécialisé, le Rockhaven Sanatorium à Verduga city, en Californie, où elle devait rester une quinzaine d'années, Zelda s'acquittant des cinq mille dollars annuels. Bien sûr, il faudrait organiser le voyage et probablement demander la permission aux studios de s'absenter quelques jours mais cela tombait bien, Billy Wilder n'aurait plus besoin de *l'autre* pendant quelques jours, occupé qu'il serait à gérer les conséquences publicitaires de la fameuse séance de nuit passée au-dessus d'une bouche de métro. Et puis, Billy pouvait comprendre que *l'autre* soit désireuse d'un peu de repos. Billy, comme beaucoup, ne connaissait de Zelda que la *monstrueuse*.

19.

De retour à Paris, Bart relisait les épreuves d'une interview qu'il avait donnée à un journal d'art qui venait de se lancer et dont il avait rencontré le fondateur à l'occasion d'un cocktail, quelques semaines plus tôt. Dire qu'il était concentré sur sa lecture était tout à fait exagéré. Depuis ces fameuses heures où il avait éconduit la femme la plus belle du monde par *fidélité* à une autre femme, Zelda, qui lui avait proposé un rendez-vous au goût amer de l'absence, Bart vivait en autarcie introspective. Zelda lui avait redonné la vie en lui rappelant la mort – « Au secours ! Au secours ! » – mais elle l'avait laissé là, planté au carrefour de chemins qu'il n'osait encore emprunter. Entre espoir et renaissance. Ses doutes le nourrissaient continuellement et l'aidaient à accomplir mécaniquement la gestuelle du quotidien, comme si une énergie avait trouvé refuge en lui, sous une forme inédite et originale : l'absence de fulgurance, mais une intériorisation poussée à son extrême, jusqu'au repli sur soi.

Bart avait déjà connu cela, mais, contrairement à son expérience passée, il sentait que le noir qu'il broyait serait cette fois son or, celui sur lequel il se reconstruirait. Il se souvenait de l'épisode de la toile de Goya, de la promesse d'achat qu'il en avait faite et qu'il n'avait pas tenue. *Cela m'a donc été fatal* ! se disait-il avec humour. Il n'était pas désespéré, et cela l'étonnait que ce sentiment de renaissance, comme s'il le débarrassait d'une culpabilité qu'il portait en lui depuis des années, soit plus fort que la perspective d'avoir perdu Zelda. Car, comment retrouver une femme à New York ? Avant de reprendre l'avion, il était retourné au musée, l'avait cherchée au Gino's, où il avait laissé son nom, et avait même songé à publier une annonce avec ces quelques mots, qu'elle aurait compris : « Au secours ! Au secours ! » Mais il s'était résigné à ne garder d'elle que l'héritage d'un chemin de vie croisé : Zelda lui avait permis de s'autoriser à aimer à nouveau.

Les paroles, qui lui étaient prêtées dans cette interview, n'étaient pas parfaitement fidèles aux propos qu'il avait tenus. L'article l'intéressait pourtant pour ce qu'il ne disait pas, pour tout ce que les lecteurs de ce magazine ne sauraient pas et qu'il avait gardé pour lui. Comment aurait-il pu, en effet, jeter en pâture à la face du monde que, s'il avait rejoint le monde des arts, c'était moins par un véritable élan que par rejet des hommes et de Dieu réunis ? L'art d'En-Haut lui semblait misérable depuis ces couloirs arpentés au Lutetia à attendre que le sort de sa vie ne se joue : serait-il du côté des malheureux ou serait-il épargné ? Et pourquoi lui ? Et pourquoi elle ?

Bart se remémorait ces minutes de plomb qu'il avait passées, à la fin de la guerre, dans le hall de l'hôtel, à chercher, sur les listes de survivants, le nom de Jeanne qu'il n'avait connue que très peu de temps, deux ans plus tôt, et qu'il n'avait pas revue depuis. Mais dont le souvenir le poursuivait. Comme si sa conscience n'écoutait plus que cet écho venu d'on ne savait où, et qui lui soufflait le parfum des rencontres d'une vie. Dans le petit espace où se pressaient, comme lui, d'autres âmes en recherche de leur moitié, d'un parent ou d'un proche, Bart répétait toujours les mêmes gestes. Se plaçant dans la première file d'attente, à gauche, il prenait son tour, l'esprit concentré, mais attentif également à la zone de contrôle où les nouveaux arrivants déclinaient leurs nom et prénom, et donnaient toute information susceptible d'aider à leur identification. Spectacle désordonné, bruyant et recueilli à la fois, où l'on voyait le monde des vivants, entassés et cherchant des yeux les leurs, souvent une photo à la main ; et de l'autre celui des morts-vivants, dont les corps vidés et les visages émaciés jamais ne correspondaient aux images, et dont seuls les noms permettaient, en de rares occasions, un rapprochement improbable.

Bart arrivait toujours tôt le matin et parfois allait ensuite au centre d'accueil du vingtième arrondissement, à la gare d'Orsay ou la caserne de Reuilly, mais son instinct lui dictait qu'elle reviendrait au Lutetia. Son cœur battait toujours plus fort à l'arrivée du convoi des bus – qu'il avait lui-même connu, de l'intérieur, quelques mois plus tôt. Mais jamais il ne lui fut donné la triste joie d'une ombre reconnue. C'est en tout cas ce qu'il pensait, bien que, depuis peu, il ne fût plus tout à fait assuré de ne pas refouler certains souvenirs, ceux-là mêmes qui étaient liés à Jeanne.

Sa vocation pour l'art prit curieusement sa source dans cet hôtel, mais aussi très précisément parce que, le quittant un soir d'automne 1944, il croisa la vitrine d'une galerie qui exposait « Violon et cruche » d'un artiste pourtant déjà célèbre, mais dont il ignorait l'existence : Georges Braque. La vue de cette œuvre, mais peut-être plus certainement le pressentiment de son implacable défi à l'entendement, qui bousculerait des générations entières, proposant de manière violente une perception différente du monde, le fit penser que c'était ainsi qu'il voulait continuer à voir l'ordre des choses. Dès lors, son destin était joué et sa vocation trouvée. « L'on ne dira jamais le nombre de vies changées par la seule présence, courageuse et fière, dans les vitrines parisiennes, de ces quelques cadres de bois, réceptacles d'une fulgurance souvent magnifique, exposant, sur le grain tendu d'une toile, des milliers et milliers de pigments, parfois jetés avec force, parfois couchés avec soin… ». Voici ce qu'il s'était autorisé à dire au journaliste.

D'une certaine manière, il aimait cette version de faits selon laquelle son avenir professionnel lui était apparu par hasard, à travers une toile d'un des maîtres du cubisme. Par son implacable radicalité, cette toile lui avait permis de donner un nouveau sens à sa vie, au sortir de la guerre. Et continuer à vivre était l'ultime hommage qu'il souhaitait rendre à ses compagnons d'armes qui avaient vécu avec lui l'enfer de la réunion du 10.

20.

Qu'il était loin le temps où Hélène avait revu Jeanne à Paris, dans le quartier Saint-Michel. Pendant plus d'un an, Hélène était restée sans nouvelles de son amie, et puis, à la faveur d'une lettre anonyme reçue un matin, elle avait compris que Jeanne avait été arrêtée : « Jeanne a été déportée, mais bientôt ce sera ton tour, sale juive ».

Ce mot l'avait terrorisée. Non pour la peur qu'il aurait pu créer en elle, la peur de tous les instants, de l'arrestation et de la vie qui s'arrête, mais pour sa violence. Sa violence haineuse, dont Hélène ne comprenait pas qu'elle pût en être l'objet. Elle tenait un journal et avait consigné cet épisode sous le titre : « Incompréhension, la face cachée de l'horreur ».

Et puis le temps était passé et Hélène avait repris son travail à l'association qui s'occupait des orphelins juifs, un organisme dont le rôle semblait de protéger les plus faibles et où elle occupait la fonction d'assistante sociale. Cette association, l'Union Générale des israélites de France, avait été mise en place par Pétain et les nazis et l'histoire finirait par montrer qu'elle indiquait aussi parfois à l'occupant où trouver les innocents.

Cela, Hélène ne le savait pas.

Nombre de ses collègues s'étaient pourtant fait arrêter et leurs noms, comme les autres, avaient été consignés dans un cahier, à la main. Un cahier soigneusement tenu à jour par l'établissement.

Ce qui importait aux yeux d'Hélène, c'était de s'occuper des enfants, ces tout petits qui continuaient à jouer. Bien sûr, elle se savait menacée, mais, le temps passant, Hélène s'était installée dans une logique de résignation, comme une inclination au fatalisme qui porte en elle la fatalité qui l'aspire.

En ce début d'année 1944, il eût pourtant suffi qu'elle se protégeât pour prendre son destin en main et espérer survivre. Les caches étaient encore possibles et l'on parlait de plus en plus d'un débarquement dans le Nord. Il eût suffi qu'elle contactât des amis et se réfugiât avec aveuglement dans la littérature, son amour de jeunesse, ou la musique. Pour oublier.

Mais le Paris des temps odieux avait raison de ses rêves et la ramenait, comme tous, à la réalité abjecte d'un monde devenu fou. Et puis, d'une certaine manière, elle aspirait à connaître le sort de tant de gens partis avant elle, à commencer par ses parents. Échapper aux rafles, c'était ne pas être solidaire de son peuple, aussi stupide cela pouvait-il être, car ajouter un nom à la liste martyre n'en sauverait pas le peuple pour autant.

Un matin, elle avait donc été arrêtée et emmenée à Drancy.

Trois semaines après, Hélène devait prendre place à bord d'un wagon à bestiaux pour la Pologne. C'est une jeune femme méconnaissable, réduite à une condition dont le caractère terrifiant et universel n'apparaîtrait qu'aux générations suivantes, qui, ce jour-là, embarquait vers une destination inconnue.

Le chargement s'était fait rapidement, à grand renfort de coups de crosse de fusil lorsque les choses n'allaient pas assez vite, et, sans aucune considération pour ces hommes et ces femmes – les enfants avaient été séparés de leurs parents et devaient prendre d'autres convois – que la nuit attendait. Parfaitement consciente de ne jamais revenir, Hélène ressentait le besoin irrépressible de laisser une trace, de témoigner de l'instant présent et continuer ainsi, sous une forme renouvelée et triste, le journal qu'elle tenait depuis le début de la guerre.

Au moment de monter à bord du wagon, elle trébucha, tomba et, se relevant, en profita pour s'emparer d'une pierre choisie pour ses arêtes tranchantes. L'idée lui vint une seconde de l'utiliser pour elle-même, mais elle se souvint d'un vers de Keats – *la hantise de la mort pèse lourdement sur moi comme un invincible sommeil* – et renonça à toute violence. La cohue était telle que personne n'avait remarqué la manœuvre et cette pierre qu'elle tenait fiévreusement dans sa main.

La porte latérale du wagon s'était fermée depuis un moment et un silence sidérant s'était abattu sur ses occupants – l'on n'entendait littéralement que les respirations, courantes et haletantes sur le fil de la honte et la peur –, lorsque, avant même que le convoi ne se mette en branle, Hélène pressa la pierre sur le métal de la paroi contre laquelle elle était écrasée, y inscrivant avec rage : « Horror! Horror! Horror! »

Elle reprenait ainsi les derniers mots écrits dans son journal [10], quelques jours plus tôt, eux-mêmes ultime hommage à ses amours littéraires et ce vers célèbre de Shakespeare. Elle ne devait jamais revoir Jeanne et mourut à Bergen Belsen un an plus tard, quelques jours avant la libération du camp.

---

[10] Le personnage d'Hélène est inspiré d'Hélène Berr, déportée à Bergen Belsen en 1944 et battue à mort par une gardienne, quelques jours avant la libération du camp en avril 1945. Les derniers mots de son journal, publié en 2008 seulement, sont en effet certainement eux-mêmes inspirés de *Macbeth*, de Shakespeare.

21.

Depuis qu'il avait rencontré Jeanne, Blaise basculait lentement dans une éthique vitaliste qu'il ne contrôlait plus. Ses sentiments envers ses supérieurs, son engagement, et toute cette vision du monde que, de mois en mois, il s'était forgée – passant de Maurras l'ultra au chemin difficile tracé par un général inconnu –, étaient en train de vaciller sous l'effet puissant d'une prise de conscience de ce qu'est la vie, détachée de toute temporalité, désengagée du carcan dans lequel l'enferment les hommes et leur décompte des années. Et surtout, éloignée des passions qu'une collectivité peut désigner comme étant première un jour, pour mieux les jeter aux orties, quelques générations plus tard : la patrie, l'engagement. Il souhaitait tout simplement vivre. Et sentait bien que son énergie, jusqu'ici concentrée dans sa révolte au quotidien contre l'occupant, n'était plus tout à fait la même.

Il eût été plus compréhensible qu'un instinct de mort se développât en lui. Car, après tout, à 20 ans, il n'est pas rare qu'une déception amoureuse – ou un deuil, celui d'une personne aimée qui avait choisi le mauvais camp –, fût-elle éprouvée en temps de paix, conduise à des comportements radicaux. Mais Blaise n'était pas de ce métal et si Jeanne l'avait fait rêver puis déçu, il lui savait infiniment gré du premier sentiment et saurait surmonter le second.

Les consignes étaient claires. Dès le matin, les personnes invitées à la réunion devaient toutes se rendre en un point précis du vieux Montmartre, avec, à chaque fois, une femme qui les attendait, ne sachant rien de plus sinon qu'elle devait leur donner un vélo et leur faire lire un bout de papier, sans le leur remettre, sur lequel étaient inscrits le nom d'une rue et une heure. En aucun cas, il ne s'agissait du lieu où devait se tenir la réunion, mais bien d'un simple point intermédiaire d'où ils seraient conduits à l'adresse finale.

Nous étions le 10 novembre 1942 et l'événement pour lequel Blaise travaillait depuis plusieurs semaines allait enfin prendre vie, consacrant des jours et des jours de préparation des documents, d'échange de courriers, vecteurs intermédiaires toujours codés et parfois défenseurs d'intérêts individuels au mépris de l'idéal initial, censément commun, et ce, dans l'angoisse renouvelée d'être pris, d'une boîte aux lettres relevée ou d'un radio repéré. Contrairement à toutes les règles des mouvements, certes non écrites, Blaise devait lui-même participer à la réunion en qualité de secrétaire. Cette fonction lui était échue, car celui attitré en était empêché en dernière minute, ce qui avait surpris Blaise ; qu'il fût le seul à s'en étonner l'avait surpris plus encore.

Entrés parmi les premiers dans l'immeuble, Blaise et son patron prirent les quelques marches d'escalier à droite, dans cette partie du bâtiment, légèrement surélevée, pour atteindre l'appartement du rez-de-chaussée où des camarades les rejoindraient. Ce lieu de réunion, dont l'espace se composait de trois pièces exiguës et d'une entrée en longueur, n'avait pas été choisi pour les possibilités qu'il offrait en cas de coup dur, mais parce que, précisément, il présentait tous les attributs de neutralité et de normalité d'un cabinet notarial, couverture idéale pour la circonstance. En montant les marches faussement calmement, Blaise se demandait comment il réagirait si les choses devaient tourner mal et s'il devait être confronté, pour la première fois, à la violence, aux coups et aux cris. Il connaissait néanmoins par cœur le personnage qu'il devait jouer : apprenti marchand d'art, avec papiers en règle, à défaut d'aucune expérience en la matière, et voulant s'enquérir, pour son patron, de locaux à acheter.

La suite des événements est composée de différentes phases dont un observateur extérieur dirait qu'elles sont réductibles à un avant et un après. Avant l'arrivée de la Gestapo et après. Néanmoins, dans l'imaginaire rétrospectif de Blaise, les choses n'étaient pas aussi claires, se confondaient même, et la violence physique qu'il subit immédiatement – les Allemands pénétrèrent dans l'appartement à peine la réunion commencée et frappèrent la plupart des participants, éberlués comme lui par l'évidence de leur arrivée –, cette violence soudaine, parce qu'il l'avait anticipée dès l'aube en se préparant chez lui, n'avait plus la temporalité habituelle des faits : non, elle imprégnait tous les gestes effectués ce jour-là, de la tasse de café avalée le matin, à la ferme poignée de main à son patron un peu plus tard, en passant par l'échange de quelques mots avec la jeune femme aux vélos, et jusqu'au premier coup de poing qu'il reçut, en se retournant vivement, lorsque la porte de l'appartement fut défoncée.

En ces minutes où le destin marquait implacablement, de son funeste sceau, les vies de ses camarades, Blaise allait subir une épreuve plus difficile encore. Poussée à l'intérieur par les Allemands, qui l'avaient surprise, hésitante, dans l'entrée, au moment où ils s'apprêtaient eux-mêmes à rentrer, Jeanne, que Blaise ne reconnut pas tout de suite, était jetée à terre dans un grand fracas. Blaise esquissa un geste de secours, autant par réflexe que parce que c'était elle, ce qui lui valut un premier coup. Sonné, il mit quelques secondes à reprendre ses esprits et, se relevant, n'eut de cesse alors de chercher du regard, mais craignant également que cela se remarquât, celle dont la présence dans cet appartement lui semblait irréelle. C'est pendant ces quelques minutes interminables – les Allemands menottaient les uns et les autres, vociféraient, hurlant à ceux qui n'étaient pas encore entravés de tenir leurs mains sur leur tête – que Blaise finit par admettre ce qu'il redoutait et refoulait depuis plusieurs jours : la femme qu'il avait rencontrée un matin dans le Paris gris des files d'attente… Oui, cette femme, dont l'allure, la manière de prononcer les mots, les mouvements, si graciles, le port de tête, tout, tout ce qui en elle, l'avait fasciné, jusqu'à sa bouche dont le moindre tressaillement des lèvres lui restait en mémoire, oui, cette femme qui parlait aux Allemands, les avait certainement trahis.

Mais alors, pourquoi était-elle violentée avec eux ? Était-ce une simple couverture, pour ne pas éveiller les soupçons ? Elle les avait trahis, c'était sûr, car il y avait bien eu une deuxième fois entre eux. Puis une troisième. Il était difficile à Bart de l'admettre, mais ils s'étaient même vus tous les jours cette semaine-là. Tous les matins.

Et ils avaient parlé. Comme dans un monde dans lequel on pénètre et dont on s'aperçoit, seulement après l'avoir quitté, qu'il était un éden, Blaise avait vécu cette parenthèse des sens avec la force tranquille d'une évidence qui ignore le temps et finit par prendre l'apparence d'une fatalité qui s'écrit en silence.

Entre la première rencontre dans la rue et celle où il l'avait aperçue, quelques jours plus tard, sur un quai de gare parlant à un officier allemand, Jeanne et Blaise s'étaient retrouvés plusieurs fois, mus par ce désir que magnifiait le temps des combats et qui les avait submergés tous les deux. Le premier lendemain, dans la même file d'attente et battant le même pavé que la veille, ils s'étaient reconnus dans le froid, s'étaient détachés de la multitude et avaient échangé un regard, sans un mot, pour ne pas se quitter.

Ce matin-là, c'est elle qui lui avait pris la main et l'avait emmené.

22.

New York, 15 septembre 1954, la nuit

Toute à ses pensées et, se préparant déjà mentalement à revoir sa mère, Zelda n'avait pas totalement abandonné l'espoir de retrouver Bart. Certes, il n'avait pas eu la patience de l'attendre au restaurant, et elle le comprenait, mais, avec un peu de chance, elle pourrait le croiser à l'hôtel : n'était-elle pas encore, la veille au soir, dans sa chambre ? Dans ses bras ? *L'autre*, en tout cas, y était.

Entrant discrètement dans l'hôtel St Regis, Zelda avait, comme toujours, ce petit pincement au cœur qui consistait à pénétrer dans un lieu et ne pas savoir à quoi s'attendre : l'absolue indifférence portée à son foulard et ses lunettes noires, le respect distant pour *l'autre* démasquée, ou la furie absolue de ses fans, souvent bienveillants, mais qui l'obligeaient à se métamorphoser pour donner ce que l'on attendait d'*elle* – *elle* avait une tendresse particulière pour un groupe de six jeunes, les « Monroe Six », des adolescents qui la traquaient partout à New York et n'avaient qu'une obsession : *lui* dire qu'ils *l*'aimaient.

Les choses se passèrent, au début, dans le calme et l'indifférence. Il est vrai qu'il était déjà une heure avancée de la nuit et que les rares personnes encore debout étaient occupées à finir un dernier verre au bar ou discuter dans le lobby, autour d'une table basse dont les garçons s'affairaient à renouveler régulièrement les bouteilles. Avant même que Zelda ne parvienne au comptoir de la réception, son bras gauche fut agrippé avec force et elle se sentit amenée à l'écart, juste derrière une colonne, en un endroit que seules les personnes empruntant l'escalier pouvaient observer. C'était son Italien de mari qui l'avait attendue toute la soirée et s'apprêtait, dans un langage qui n'appartenait qu'à lui, à mi-chemin entre l'argot grommelé et la colère contenue, à lui demander des comptes.

Il n'en eut pas le temps, car le directeur de l'hôtel, les apercevant tous deux, vint à leur rencontre, jovial, avec ce sourire entendu que prennent ces gens qui se savent complices d'un soir de vos secrets, et vous rendent d'autant plus fébriles qu'ils se veulent rassurants :

— Ne vous inquiétez pas. Je sais que tout cela c'est pour la presse, pour votre carrière, Miss Monroe. Allez, va ! On ne quitte pas le plus grand joueur de tous les temps comme ça ! fit-il ajoutant un clin d'œil appuyé à l'adresse de Joe DiMaggio.

Puis, les emmenant malgré eux à la lumière du lobby, il leur demanda s'ils souhaitaient quoi que ce soit qu'il pût faire pour eux. S'accrochant au bras du directeur, Zelda profita de cette fraction de seconde où l'Italien l'avait lâchée, pour se fondre dans les habits de *l'autre* et se lancer dans le plus grand numéro de charme dont *elle* était capable. Prenant le pauvre homme à part – il lui rappelait Tom Ewell, qui jouait le rôle masculin, un peu nigaud, dans *The Seven Year Itch* et avec qui elle avait répété toute la semaine –, elle lui chuchota :

— J'ai besoin de votre aide. Mais il faut que vous soyez discret. Je dois transmettre un pli à un journaliste qui a pris une chambre, une single, au quatrième étage. Voulez-vous bien faire cela pour moi ? Subtilement bien sûr.

— Bien sûr, Miss Monroe. Donnez-moi son nom et je me chargerai personnellement…

— Je ne connais pas son nom ! fit-elle, chuchotant bruyamment, à la manière de ces mauvais écoliers exagérant la nécessité absolue du silence de leur complice et le rompant eux-mêmes.

Ce qui devait arriver arriva : Joe voulut savoir de qui l'on parlait ainsi et se rapprocha d'eux pour mieux entendre. À ce moment précis, le *monstre* étendait sur le pauvre directeur ses charmes infinis et, à la manière d'un acteur qui se replace, naturellement, face à la caméra, *elle* tourna vivement le dos à son *daddy Joe* et s'exclama :

— Pas possible ! Vraiment ?

Regardant autour de lui, et toujours aux aguets, car redoutant qu'un photographe ne les surprenne se disputant, Joe voulut à nouveau l'attirer à lui :

— Marilyn, tiens-toi un peu ! Laisse ce bon à rien et suis-moi. Il faut qu'on parle, tu entends ? Je ne comprends pas…

Mais déjà, une agitation et des voix s'élevaient du bar à quelques mètres derrière eux. De plus en plus mal à l'aise, Joe se résigna à prendre congé.

— Tu as gagné. J'y vais.

— C'est ça, *daddy*.

À peine lui avait-il jeté un regard furieux puis s'était éclipsé, craignant par-dessus tout les mauvaises publicités et capable encore de surprendre par la vitesse de son démarrage, comme du temps où il était adulé et désigné comme le plus grand joueur de base-ball américain de tous les temps.

— Je ne connais pas son nom ! fit-elle en se retournant à nouveau vers un Tom Ewell de substitution à qui, toujours *monstre* absolu, *elle* souriait.

On eût dit qu'*elle* incarnait à nouveau le personnage de *The Girl*, se plaignant de la chaleur de New York, de la climatisation en panne, et se déshabillant innocemment, cette scène comique de *The Seven Year Itch* où le glamour se niche dans la candeur et qu'*elle* avait répétée l'avant-veille.

— Je ne connais pas son nom, mais je sais qu'il est Français. Oh ! S'il vous plaît, montrez-moi le cahier de vos clients !

— … Miss Monroe, vous savez bien que je n'ai pas le droit… Je peux si vous le voulez…

— Allons, allons ! Dites-moi que vous ne pouvez rien me refuser… fit-*elle*, se rapprochant de lui et jouant d'un sourire par en dessous, comme si ce sourire chuchotait lui-même une demande, en renfort des mots.

— Non, mais vraim… Que diriez-vous si… Allons… Vous croyez ? Je sais ce que je vais faire, je…

— Oui, dites-moi. Dites-moi ce que vous allez faire…, susurra-t-*elle*, *monstre* total se rapprochant plus encore de lui.

— Si vous voulez, je vais vous donner des noms et vous me direz si vous pensez qu'il s'agit de la personne que vous recherchez. Voyons, voyons… Ah ! J'y suis… Alors… Attendez, non, ce ne peut être ce monsieur… lui non plus… Ah ! Barthélémy C…

— Oui c'est lui ! explosa-t-*elle*. Oh ! Cher Monsieur… pouvez-vous me faire une dernière faveur ? Je voudrais que vous lui remettiez un mot de ma part.

Tout à sa joie d'avoir retrouvé Bart, Zelda ne savait plus quoi lui écrire ni par où commencer. Bien sûr, elle regrettait de ne pas avoir pu se libérer à temps pour leur rendez-vous, l'avoir fait attendre, mais surtout, surtout, elle s'excusait de s'être enfuie la fois dernière, mais il y avait une raison. Une raison qu'il ne pouvait pas imaginer, une raison à laquelle elle-même n'osait croire. Une raison qu'elle lui expliquerait demain matin au petit-déjeuner. S'il voulait bien le prendre avec elle, dans sa suite, la 1105-1106 au onzième étage, car il viendrait n'est-ce pas ? Dans sa précipitation, elle oublia de signer et remit le pli au directeur.

Comprenant que le destinataire était un journaliste, ce dernier crut bon d'ajouter sur l'enveloppe : « de la part de Miss Monroe » et décida de porter personnellement le courrier. Il prit l'ascenseur, celui-là même qui avait vu Bart secourir une Marilyn Monroe en pleurs, et frappa au numéro 406. Insistant quelque peu, il finit par voir apparaître un Bart fatigué, s'étant manifestement relevé pour ouvrir au directeur et d'humeur exécrable.

— Bonjour, excusez-moi de vous déranger, Monsieur C. Vous êtes journaliste, n'est-ce pas ?

— Journaliste ? Mais qu'est-ce que vous me chantez là ? Non, je ne suis pas journaliste.

— Ah ! Vraiment, vous n'êtes pas journaliste ?

— Non, vraiment, je ne suis pas journaliste. On ne dérange pas les gens à cette heure-ci pour leur poser des questions invraisemblables ! Laissez-moi me reposer !

— Je suis confus, cher Monsieur. J'avais un pli pour vous, de la part de Miss Monroe et je devais vous le remettre au plus vite. Mais il doit s'agir d'une méprise... Excusez-moi encore.

— Marilyn Monroe, vous dites ? Montrez-moi cela ! fit Bart, reprenant un ton plus doux et soudain curieux de savoir ce que lui écrivait l'actrice.

— Écoutez, cher Monsieur, fit le directeur en replaçant l'enveloppe dans son veston, je suis désolé... Mais je devais remettre le pli à un journaliste et vous n'êtes pas journa...

— Non ! Mais je suis bien Barthélemy C., c'est lui que vous cherchez, n'est-ce pas ? Et puis je l'ai croisée hier soir, je l'ai même...

— Je suis navré, cher Monsieur. Je suis navré.

Déjà parti, le directeur laissa Bart décontenancé.

Il se recoucha ce soir-là en se demandant s'il était possible que le *monstre* se soit effectivement adressé à lui, et ce qu'*elle* avait bien pu lui écrire. Peut-être voulait-*elle* qu'il *la* rejoigne, là, maintenant...

Quelle heure est-il ?

Retrouvant son lit, son esprit sombra dans une déprime presque dilettante. Décidément, il échouait dans tout ce qu'il entreprenait. Cela le faisait presque sourire, même si son rendez-vous manqué avec Zelda ne cessait de l'interroger. Il prit, cette nuit-là, la décision de rentrer le lendemain en Europe.

De son côté, lorsque le directeur frappa à sa porte, Zelda était seule et s'apprêtait à affronter la nuit, coupe de champagne à la main, du Dom Pérignon, et pilules de Nembutal déjà percées, pour s'endormir plus vite.

C'est donc parfaitement ivre qu'elle répondit à travers la porte :

— Demain, Tom ! Demain, nous remettrons la climatisation.

23.

Los Angeles, octobre 1954

Rechercher l'origine et la matrice même de son existence avait toujours représenté, pour la petite Norma Jeane, un voyage qu'elle devrait faire un jour, dans la masse informe des souvenirs perdus par d'autres, les souvenirs de ces êtres qui l'avaient engendrée. Et qui avaient effacé les traces.

La parole maternelle avait toujours pris soin d'éviter le sujet. Ou avait trouvé une échappatoire. Tout au plus Zelda entendrait-elle Gladys dire un soir, à la va-vite, décrivant une photo jaunie : « Oui, c'est lui, ton père ». Un sentiment de culpabilité en était né, qui prenait toute la place, à l'âge où les équilibres psychiques se construisent. Cela avait fini par former, dans l'univers mental de la petite fille, une forme d'interdit coupable que les années allaient renforcer en une absolue volonté de savoir. Elle se débattait contre les non-dits et ce voile jeté sur son passé était un liquide visqueux dans lequel elle s'abandonnait parfois, à la manière des plongeurs en apnée, se laissant porter, rêvant, et toujours s'enfonçant plus loin dans les abysses. Les soirs d'insomnie, il lui arrivait de rester les yeux ouverts toute la nuit, ouverts sur ces rêves, profonds et sombres, points de lumière enfouis en elle.

Elle redoutait la découverte qu'elle ferait un jour, ce parcours initiatique qu'il lui serait nécessaire de faire, car lorsque l'on découvre ses parents, à quelque âge que ce soit, l'on renaît, et puis, l'éclairage jeté sur la jeunesse de sa mère. Le bouleversement opéré dans sa psyché, depuis ce dîner, au départ sensuel et amusant, avec ce Français, dont elle avait fini par perdre la trace, l'avait laissée comme détachée de la vie, sur le bas-côté. L'image de l'Américain, venu se battre et mourir en France, n'avait cessé de la hanter.

Le travail continuait pourtant, et, si *l'autre* écrivait une page mythique de la chose cinématographique, elle ne se laissait pas entraîner dans cet univers factice. Zelda trouvait pitoyable que le *monstre* soit cantonné à des rôles de blondes idiotes, mais elle acceptait que *l'autre* vive sa vie d'étoile, atteigne la perfection dans le glamour innocent, et exhibe ses jambes sur vingt mètres de haut, dans tout New York. Tout cela lui permettait de se protéger, de se mettre en retrait. Bien sûr, les deux vies se rejoignaient parfois et, lorsqu'un homme se présentait et frappait à la porte du *monstre*, il arrivait que Zelda l'accueille, d'abord en *monstre,* ce que l'homme était venu chercher, et qu'elle finisse elle-même, Zelda, au petit matin, perdue dans le souvenir du champagne absorbé et des rires. Mais soucieuse d'effacer le reste.

Zelda prit un avion pour Los Angeles, quelques jours seulement après avoir tenté de revoir Bart. Elle vécut cet aller-retour comme une longue souffrance, presque sans discontinuer, des contingences matérielles – la longueur et la fatigue engendrée par le voyage – aux tourments de l'âme. Plus perdue que jamais dans une vie réelle, envahie par une *autre*, elle était consciente que les seuls points d'ancrage possibles, sa jeunesse, son enfance, sa naissance, même, lui avaient été soustraits par un En-Haut, soucieux de ce que personne ne lui en donne un jour les clefs.

La maladie mentale de Gladys, ainsi que celle des parents de celle-ci, étaient-elles autre chose que des barrières ? D'effrayantes barrières, érigées contre la connaissance de soi.

Oui, c'était une évidence, Dieu, par délégation, s'était occupé à régler jusques aux plus infimes détails, faisant sombrer Gladys dans la folie, après ses années *flapper*, l'empêchant de donner à Zelda l'ombre d'une explication. La folie de Gladys. N'était-ce point, d'ailleurs, ce que Zelda connaîtrait un jour ? Une vie dissolue et puis le vide au bout, comme sa mère.

Bien sûr, Gladys ne parla pas. Elle était pourtant entrée doucement dans sa chambre, Zelda, pour ne pas brusquer sa mère. Et aussi parce qu'elle redoutait de la voir, diminuée, peut-être irascible, ou simplement perdue dans son monde. Gladys ne donna pas immédiatement le sentiment de reconnaître sa fille, sa célèbre fille, mais, lorsque celle-ci l'interrogea sur son passé, les choses lui parurent à nouveau plus claires. Elle indiqua ne pas se souvenir de cet homme dont Zelda lui parlait « non, ce nom ne me dit rien… », mais elle précisa que Grâce et elle s'étaient bien occupées de la petite Norma Jeane, que les hommes n'avaient, de toute façon, pas beaucoup compté dans sa vie et qu'ils n'avaient rien à faire dans cette histoire – curieuse vision des choses de la part d'une Gladys qui avait épousé cinq ans plus tôt, un troisième mari, John Stewart Eley, électricien de son état, qui devait, par la suite, lui indiquer être encore marié, mais avec qui elle vivrait pendant trois ans, à Los Angeles, jusqu'à ce qu'il ne décède.

D'un Américain parti rejoindre l'Europe, il ne fut point question. Les événements de sa jeunesse flamboyante étaient, ce jour-là, inaccessibles à une Gladys emmurée en elle-même. Peut-être lui reviendraient-ils un jour, par bribes, à la faveur d'un acte anodin, ou d'une pensée germée on ne savait sur quoi ? Zelda insista légèrement, mais Gladys n'avait décidément pas conscience de ces destinées qu'elle avait certainement croisées, du temps de sa splendeur, qu'elle avait détruites, et qui s'étaient autant perdues dans sa mémoire qu'elle avait marqué de son empreinte les leurs.

Lorsque Zelda quitta la chambre où était installée sa mère, elle ne put retenir ses larmes et eut beaucoup de difficultés à rejoindre le hall d'entrée où l'attendait la directrice de l'hôpital, toute droite d'importance, à chaque fois que *l'autre* rendait visite à sa mère, car elle croyait toujours rencontrer *l'autre*, lorsqu'elle accueillait Zelda. Zelda ressentit le besoin d'écrire et s'assit un instant dans le couloir, sur l'une des chaises rangées pour les visiteurs. Les yeux embués, elle dut les fermer tant la lumière qui pénétrait les grandes baies vitrées de l'hôpital était aveuglante. Dehors, à travers le vitrage, l'on apercevait un petit jardin dont aucun des pensionnaires ne songeait à profiter, mais qui donnait à l'ensemble une impression de douce sérénité.

Sortant ce petit carnet qu'elle gardait toujours avec elle, elle en tourna les pages, jusqu'à atteindre un poème en prose qu'elle avait commencé : « Au secours ! Au secours ! » Elle prit son stylo et écrivit : « ... Je sens la vie qui se rapproche... »

24.

Blaise croupissait depuis plusieurs heures dans un cachot, dont il n'avait pas plus conscience des murs que de la paillasse sur laquelle il était allongé, calme et immobile. Comme reposant dans un cercueil. Tous ses membres étaient en souffrance et les quelques facultés mentales qui lui restaient étaient tournées vers l'espoir d'une vie qui continue, d'un ciel qu'il reverrait un jour, il en était persuadé. L'espoir d'accomplir, ne serait-ce qu'une fois, ces actes en apparence anodins, auxquels il s'accrochait comme un damné : descendre un trottoir, traverser une rue, sans regarder à gauche ni à droite, apercevoir quelqu'un à une terrasse de café, entendre le début d'une conversation, puis en perdre le fil… Son esprit multipliait les actes de vie et de rupture, comme si les quelques forces qui lui restaient pouvaient se nourrir de leur souvenir et s'abreuver à leur absence d'intérêt.

Oui, il voulait continuer à vivre pour tous ces actes effectués sans conscience d'eux-mêmes, parfaitement transposables d'un individu à un autre, orphelins de vie ou enfants de toutes les vies, la plupart du temps effacés sitôt vécus. Injustes oubliés de la mémoire ou soldats courageux sur le front des lignes de temps.

Les choses s'étaient enchaînées très vite et, ramenés dans cette officine de la Gestapo, au 93 de la rue Lauriston, tenue par « la Carlingue », cette Gestapo française, fourmillant d'anciens du milieu, truands de diverses obédiences, l'ensemble des camarades avaient été placés dans des cellules isolées au premier sous-sol, insalubres, humides et sombres, à l'exception d'une femme, il aurait juré que c'était Jeanne, dont Blaise vit qu'elle s'éloignait du groupe, encadrée par deux agents de la Gestapo et poussée en avant vers un autre lieu. La plupart restaient menottés, mais certains étaient accrochés à un anneau scellé au mur. Comme l'on fait avec les chiens.

Beaucoup plus que les tortures physiques qu'il subirait, Blaise eut à souffrir d'un état mental se détériorant rapidement, au point de manquer plusieurs fois perdre la raison. La culpabilité, la haine et la peur se disputaient la primauté de ses émotions, tandis que l'épreuve physique, honnête et sans fioriture, presque binaire, réductible à une portion de son corps et un degré dans l'échelle des douleurs, fut finalement apprivoisée. À quelques exceptions près, passé les premiers instants de découverte de soi et sa capacité à endurer.

Bien sûr, il n'y avait pas d'un côté les souffrances physiques et de l'autre celles de l'esprit et, lorsque frappé à coup de poing ou de nerf de bœuf, Blaise voyait son tortionnaire approcher avec un fil électrique qu'il laissait parcourir sur certaines parties de son corps, non sans en avoir attaché un premier fil à la cheville, alors, bien sûr, la haine submergeait tout. Au paroxysme de la douleur, dans un dernier état conscientisé, il lisait l'attente dans les yeux de son bourreau et c'était tout son esprit et tout son corps qui luttaient.

Blaise échappa de justesse à la mort la première fois qu'il subit l'exercice de la baignoire et c'est à partir de là qu'il perdit la parfaite maîtrise de son esprit, confondant les choses, confondant rapidement les notions du temps, du jour, de la nuit, incapable de se raccrocher à un raisonnement qui l'aurait rassuré, *combien de temps ai-je déjà souffert ? Combien de temps, encore, me faut-il tenir avant qu'ils ne jugent que je ne leur servirai plus et qu'ils me renvoient dans un camp ?* Son esprit était un fil électrique dont on aurait inversé les phases et qui peinerait à organiser ses flux les plus intimes. Mais qui continuait de briller.

Au bout de trois jours, Blaise luttait d'autant plus qu'il n'avait pas revu Jeanne et n'avait jamais perçu, allongé sur sa paillasse et dans la masse des cris qui surgissaient des murs, l'ombre d'une intonation féminine. Dire qu'il en était malheureux eût été trop simple, mais il redoutait la joie malsaine et belle qu'un tel cri de douleur lui aurait conféré, et qui aurait peut-être entraîné le repos définitif de ses sens. Comment avait-elle pu le trahir ? Trahir leur amour qu'il croyait au-dessus de tout ? Et comment pouvait-il, lui, encore, continuer à l'aimer ? Si elle les avait tous trahis, peut-être avait-elle été relâchée ? Ou bien la gardait-on précisément pour la protéger ? Un jour, pourtant, était-ce le quatrième ou cinquième jour de détention ? d'entre les limbes, il lui fut donné de la revoir.

Était-ce l'après-midi ? Le matin ? Blaise était soutenu par deux policiers français qui le transportaient à nouveau vers une salle dont il s'était habitué aux odeurs de brûlé, de sang et de transpiration. Devant la porte, immobilisé quelques instants par ses geôliers, debout et chancelant, Blaise devait attendre. Par un curieux retournement des sens, cette attente lui fit l'effet d'une contrariété insupportable, d'un grain de sable inopportun sur son chemin de croix. Il n'eut pas le temps de se défendre d'un tel sentiment qu'un cri effroyable déchira l'espace, transperçant les portes et les murs et arrachant à son auteur l'indicible vérité de ses entrailles :

— Au secours ! Au secours !

L'œil hagard, Blaise tremblait maintenant de tous ses membres. Relevant la tête avec peine, il fixait cette porte avec intensité, s'attendant à tout moment qu'un pauvre malheureux en sorte, découvrant avec lui l'horreur endurée. Après quelques instants, un corps fut en effet extrait à bout de bras de la pièce. Blaise sentit un mouvement d'outre-tombe frôlant son propre attelage et chercha à percevoir, dans le brouillard et la nuit qui étaient les siens, une lumière qui lui serait familière. C'est ainsi que lorsque les deux colosses passèrent à côté de lui, transportant à grand-peine leur fardeau, il la reconnut. C'était elle, Jeanne, à moitié évanouie. Il croisa le regard de celle qui n'était plus que l'ombre d'une ombre, mais qui conservait une forme de grâce, divine et fière, malgré les coups reçus. La conscience de cet instant et du regard qu'elle lui donna changea en une éternité l'échelle de la seconde vécue.

C'est lorsqu'elle fut passée devant lui, portée et traînée à moitié sur le sol, que résonna à nouveau en lui la mémoire du cri qu'elle avait laissé s'échapper à la face de ses bourreaux, quelques minutes auparavant et dont il parvenait seulement à comprendre qu'elle en était l'auteur.

Toute sa vie, il devait se souvenir qu'elle avait hurlé « Au secours ! Au secours ! », par deux fois, dans un râle.

Et puis plus rien. Qu'une porte qui s'ouvre.

25.

Paris, 15 novembre 1942, quelques instants plus tôt

Épuisée, à demi inconsciente et pourtant tendue comme un arc, Jeanne regrettait de n'avoir pu retenir ce cri, ultime énergie, sortie du cauchemar de son corps, par cette bouche qui avait doublé de volume et sans qu'elle-même n'en reconnaisse le son de la voix. La force du souffle avait laissé un instant les gestapistes stupéfaits.

Ils s'acharnaient depuis un moment sur des yeux tuméfiés, sur un corps qui se recroquevillait, mais ils ne se posaient pas de questions. Leur travail était de frapper jusqu'à ce que la peur des coups cède la place à celle de mourir, jusqu'à ce que le pantin devienne subitement plus souple, moins rigide, une mousse, réduit à rien. C'est à ce moment-là qu'un ultime sursaut vital précédait parfois de peu les paroles, d'abord à peine audibles, comme chuchotées dans la honte. Empreinte laissée sur le bas-côté d'une route et l'entachant à jamais, sous la forme toujours renouvelée, comme éberluée, d'un aveu.

Mais, pas cette fois.

Elle n'avait rien lâché, sinon ce cri qui venait de nulle part. Jeanne ne s'était jamais préparée à affronter ses propres limites physiques, mais se préparer lui eût-il fait gagner plus de cinq minutes de résistance, avant que, de toute façon, le corps ne soit plus que l'ennemi intime, qui subit, et sourdement demande grâce ?

La première de ses angoisses était ce sentiment d'échec absolu qui l'habitait depuis qu'elle avait été surprise dans l'entrée de l'immeuble, arrêtée et poussée comme une chienne que l'on jette dans une cage, dans cet appartement du rendez-vous, où elle savait que Blaise devait se trouver. Venue pour le prévenir, pour le sauver, elle n'avait fait que le plonger dans une tourmente qui la rongeait maintenant. Si les choses étaient allées très vite alors, les coups, les menottes, elle avait bien lu dans ses yeux l'incompréhension, la colère, la haine peut-être, en tout cas l'expression, presque polie, du doute, du soupçon, de la trahison qui se découvre. *Il doit me haïr... penser que je les ai donnés...* C'était tout le contraire. Elle avait cherché à les aider, leur dire de s'en aller au plus vite. Qu'ils allaient être arrêtés, qu'ils avaient été vendus.

Dans les mois qui avaient précédé la réunion du 10, Jeanne et René avaient converti, au fil du temps, une amitié et des sorties, entre étudiants, à la Sorbonne, souvent avec Hélène, en une histoire amoureuse. En une belle histoire, où le caractère passionné des actions de résistance se confondait avec celui des cœurs. Oui, c'était René qui lui avait permis de s'élever contre l'occupant et de réparer la salissure d'une ascendance honteuse.

Les choses s'étaient trouvées compliquées par l'irruption de Blaise dans la vie de Jeanne, un matin où la chaussée était glissante. Sûre de ses sentiments, à peine trois jours après la rencontre – cette scène des tickets de rationnement qui leur donneraient droit à se rassasier l'un l'autre –, et peu de temps avant la réunion du 10, Jeanne avait parlé à René, lui avouant avec des mots simples qu'il y avait un autre homme. Elle disait n'y rien pouvoir, que les choses étaient allées très vite. L'homme s'appelait Blaise et il ne prit pas beaucoup de temps à René pour comprendre, la faisant parler, lui demandant des détails qu'elle donnait volontiers par sottise, cette sottise qui consiste à s'épancher au-delà du raisonnable, lorsque l'objet aimé est le sujet de conversation, qu'il s'agissait de ce même Blaise qu'il retrouvait fréquemment au détour des rues, dans la fulgurance de leurs rendez-vous clandestins.

— Blaise ? Comment est-il ? coupa-t-il, cherchant à éviter de comprendre ce qu'il ne pouvait déjà plus entendre.

Fou de rage, il avait d'abord voulu la retenir, arguant qu'on ne change pas d'amoureux du jour au lendemain, qu'il l'aimait et qu'il ne comprenait pas comment cela pouvait seulement être possible. Puis il avait à nouveau hurlé qu'il l'aimait et que, non vraiment, tout cela n'était pas possible. Elle ne pouvait pas en aimer un autre. Bien sûr, ces choses-là étaient tout à fait possibles et c'était bien sa jeunesse, ses 20 ans à peine, qui ne lui faisaient pas voir que l'antériorité de leur relation ne lui conférerait jamais autre chose qu'une primauté temporelle. Les cœurs ont-ils jamais à rendre compte d'une justice des dates ?

Ce jour-là, Jeanne était rentrée chez elle, rue Saint-Sabin, triste et soulagée, à la manière de ces dompteurs qui ont affronté le danger, mais savent qu'ils en sont quittes pour quelques heures de répit seulement. Elle ne devait pourtant revoir René qu'une fois dans sa courte vie : le matin de la réunion du 10.

Ce fameux jour, sitôt sortie de chez elle, elle sentit une présence derrière elle et se retourna vivement : René était là qui l'attendait. Fiévreux et le regard fuyant, il la prit par le bras et l'emmena dans la ruelle, faisant face au boulevard qui mène à la place de la Bastille, celui-là même que bras dessus, bras dessous, il y avait une semaine à peine, ils empruntaient tous deux, marchant sur les pas comptés de leur insouciance.

— René ! Tu me fais mal ! Lâche-moi...

Le ciel était étonnamment bas et semblait donner aux couleurs de leur échange la lumière qui sied aux impasses.

— Ton Blaise tu ne le reverras plus. Je le connais figure-toi ! C'est un saligaud... Tu m'entends, Jeanne ? C'est un saligaud. Il a déjà vendu beaucoup de camarades... On l'avait à l'œil depuis un moment, mais j'ai fait ma petite enquête...

— Qu'est-ce que tu racontes ? Il ne ferait pas de mal à une mouche ! Il est incapable de quoi que ce soit de bas, de vulgaire. Il est pur, René. Je le sais, je le sens...

— Ah oui ? Tu crois le connaître ton Blaise ? Et qu'est-ce que tu sais de sa vie ? Tu le connais depuis quelques jours à peine et tu sais déjà qu'il est pur ! Laisse-moi rire... C'est un collabo, te dis-je !

— Prouve-le ! se mit à chuchoter Jeanne, comme perdue dans un texte qu'elle aurait eu à réciter et dont le sens lui aurait été soustrait. Prouve-le... Prouve-le...

Voyant ses mots porter le doute, René tenait Jeanne à portée de quelques phrases définitives. Il eût suffi qu'il donnât quelques détails :

— Ton Blaise, il a une petite barbe, c'est cela ? Un manteau noir usé, un peu trop grand ? On le suit depuis un moment. Il va relever d'autres boîtes que les tiennes. À chaque fois le même cirque. Il ouvre les lettres, les lit puis prend soin de les laisser bien en place... On allait lui tomber dessus. Ne t'inquiète plus, mon amour, tu ne crains plus rien.

Au lieu de cela, René était ému. Ému par les traits déformés d'une Jeanne qu'il n'imaginait pas reconquérir sur les ruines d'une histoire fabriquée de toutes pièces. Mais surtout dévasté par le miroir que lui renvoyaient ces traits déformés. Alors il commença à bégayer la conscience de son infamie.

— Jeanne, écoute-moi... Oh, Jeanne ! Qu'est-ce que j'ai fait ? dit-il, se prenant soudain la tête entre les mains.

— Je le savais, René ! fit-elle, revenant à la vie. Ce n'était pas possible, René ! Comment as-tu pu...

— Jeanne... Ton Blaise... Il porte un pardessus noir c'est cela ? Usé et trop grand ? Dis-moi que c'est lui... (René n'était plus que sanglots et voix d'outre-tombe) Non seulement il ne lit pas les lettres, mais, la plupart du temps, c'est lui qui les écrit. Pour le compte du grand patron... Ton Blaise c'est celui qui nous distribue le travail, et...

— Quoi ? Qu'est-ce que tu racontes à nouveau ? Ce n'est pas possible... Il n'est pas là-dedans.

Jeanne n'en pouvait plus de cette conversation où elle se sentait manipulée, bousculée dans ses convictions, comme s'il s'était agi d'un jeu.

Les dernières minutes qu'ils passèrent ensemble, dans cette impasse sordide, devraient beaucoup au déshonneur. René était maintenant penché en avant, appuyé contre une affiche à moitié arrachée, une affiche de propagande où l'on voyait de soi-disant terroristes aux noms imprononçables, quelques heures avant leur exécution ; comme si le ciel avait voulu placer, en cet instant, sur le chemin de René, le miroir des justes. Regardant dans le vide et parlant tout autant pour lui-même que pour Jeanne, située derrière lui et écoutant à grand-peine, René sanglotait. Il était seul et parlait au fantôme de celle qu'il avait aimée. Il lui disait à présent qu'elle pouvait encore les prévenir. Qu'il ne pourrait jamais affronter leurs regards à nouveau, mais qu'il n'était peut-être pas trop tard.

Jeanne se souvenait maintenant exactement de cette phrase : « Il n'est peut-être pas trop tard… » Elle avait hurlé et demandé l'adresse. Et l'heure.

Puis elle ne se souvenait de rien. L'entrée, la cage d'escalier. Les coups qui tombent. Et puis cette cellule. Les coups qui tombent.

Et puis le regard de Blaise. *Je suis sûr qu'il a compris…*

26.

La séance de torture s'achevait, l'air suspendu au dernier râle émis. Le bruit d'une chaise déplacée semblait vouloir donner un ultime écho aux cris arrachés, comme solidaire d'un corps qu'on lui aurait attaché pour mieux empêcher l'âme de se relâcher. Reprenant peu à peu ses esprits, Blaise ne savait s'il avait parlé. Il enrageait du caractère carcéral de sa condition plus encore que de la douleur ressentie, mais les deux se rejoignaient, car comment échapper à la conscience de ses propres membres ?

Alors que ses geôliers le transportaient à nouveau, il se disait que s'il lui avait jamais été donné de tester la force de sa volonté, l'univers fermé et lugubre de son cachot en serait le triste décor, pensant aux heures de solitude qui l'attendaient, une fois la séance terminée. À peine se rendit-il compte pourtant, enfin raccompagné à sa cellule, et y pénétrant en titubant, qu'il lui avait été donné de la compagnie : un homme à moitié gisant, à moitié adossé au mur, lui faisait face, les jambes étendues, les yeux hagards.

La gestuelle de Blaise ne dut rien à son éducation dans la manière dont il s'accommoda de son nouveau compagnon. C'est à peine s'il fit quoi que ce soit qui pût laisser penser à l'inconnu que sa présence avait été remarquée.

Un haussement de sourcils, peut-être.

Mais l'heure n'était pas à la bienséance et c'est une curiosité réciproque, beaucoup plus tard, alors que la nuit avait éteint les feux et étouffé les cris, qui incita les deux étrangers à se rapprocher. Aucun d'eux n'avait bougé depuis l'entrée de Blaise dans la cellule. Les dernières minutes avaient consisté, des deux côtés, en une reprise lente, presque imperceptible, de leur dignité. L'un se redressant doucement le long du mur et ramenant une jambe, l'autre époussetant et remettant un pan de veste resté ouvert sur le sol, geste inutile s'il en était.

— Mon nom est Blaise, finit par articuler le moins abîmé des deux.

— Hi! fut la réponse qu'il obtint.

L'homme était certainement anglais, ou américain, mais cela semblait plus improbable. Au-delà d'une difficulté physique à échanger, liée à l'état d'épuisement auquel l'un et l'autre étaient réduits, la conversation s'annonçait compliquée. Blaise s'y employa et finit par murmurer :

— My name is Blaise.

À peine prononcée, la phrase lui sembla inutile et dangereuse, il avait conscience qu'un compagnon de cellule pouvait n'être qu'un mouchard, à la solde des Allemands, chargé d'obtenir les confidences que la torture n'aurait su arracher. Résolu à ne pas en dire beaucoup plus – son nom de code, Blaise, étant connu de l'ennemi –, ses doutes allaient être rapidement balayés car l'homme s'épancha comme seuls peuvent le faire les gens qui n'ont plus rien à perdre, qu'un peloton d'exécution attend à l'aube, et qui le savent.

— Hi Blaise. Sorry I will not cheer you up! As you see me... That's the end of the trip... The final curtain... A relief, though.

L'homme ne cessa alors de parler, parler et parler encore. À croire qu'il espérait une présence – un autre que Blaise eût tout aussi bien fait l'affaire – pour recueillir ses dernières pensées. Celles d'un désespéré arrivé là par hasard, échoué dans cette cellule aux odeurs d'urine et de peur. À bien l'écouter, mais les choses n'étaient pas faciles à dénouer, l'homme avait quitté sa Californie natale il y avait déjà plusieurs années, pour rejoindre le vieux continent. Il mélangeait l'espace, le temps et les langues, mais, si l'on se concentrait, il était possible de percevoir une détresse à travers les accents d'un destin qui semblait s'être noué de l'autre côté de l'Atlantique. La détresse ombrageuse d'une déception de cœur, à laquelle les années avaient donné la lumière qui permet de s'en souvenir avec bonheur.

— You can't imagine how magic she was! Every time she was entering the office, well... everybody was just holding their breath... Pourtant, quand j'ai commencé mon stage, God I was so excited I did not even think of looking at girls! Can you imagine? J'étais embauché par la seule compagnie au monde qui construisait des films...

— Que voulez-vous dire ? Des microfilms ? Vous étiez formé pour devenir espion ?

— What do you mean? No, I am talking about motion pictures! Hollywood! What are you talking about...? Vous connaissez Hollywood ?

Bien sûr que Blaise connaissait Hollywood ! Mais comment imaginer parler de la Mecque du cinéma en ce lieu si misérable, ces quatre murs dont aucun ne s'ouvrait sur autre chose que les portes de l'enfer ? Alors oui, il connaissait Hollywood et il louait le ciel de lui avoir trouvé un voisin aussi improbable, lui permettant de goûter un peu, à nouveau, aux essences du septième art.

— Vous construisiez des films, c'est-à-dire que vous travailliez pour les studios de Hollywood ?

— Not exactly. The Consolidated Film Industry... That was the name of the company... I am not sure it still exists, though... It was... You know... making movies. Technically. Anyway, ce n'est pas le plus important. Le plus important, c'était elle... She was an angel... Everybody was in love with her... She was a pure beauty!

L'homme raconta sa première rencontre avec cette femme. Blaise imaginait en silence, laissant son compagnon lui conter les détails. Apparemment, la jeune femme se dirigeait toujours vers son bureau d'une démarche chaloupée, ondulante, qu'elle ponctuait d'un déhanchement final en heurtant de son flanc un petit portillon, donnant sur son espace de travail, ou, devrait-on dire, son espace de paperasses mêlées et de bouts de pellicule, l'ensemble constituant un équilibre fragile que le coup de hanches compromettait parfois. Une chose semblait certaine : tout le monde attendait cette espèce de parenthèse sexuelle, ce moment de grâce ; il fallait voir le sérieux qu'elle mettait à exécuter le coup de fesses final. Cette personne n'était de toute évidence qu'une parfaite délurée, pleine de vie, mais se donnant en spectacle d'une manière qui choquait Blaise, trop bien élevé pour comprendre une telle nature féminine – qui n'avait pourtant rien de vulgaire.

— I don't exactly remember how I managed to get her interest… Ah, si ! Je me souviens… Let me think… Oui… J'avais fait la connaissance d'une danseuse des Ziegfeld Follies… Broadway, you know ? Elle cherchait à monter une troupe. A band ! With flapper dancers… Oh, my God ! That was the good old times ! J'étais sûr que Mrs Baker aurait envie de la rencontrer et pourquoi pas, prendre le job dans le band.

— Mrs Baker ?

— Oui. Gladys Baker… Parfois je l'appelle encore Mrs Baker. She was a pure angel!

Par la magie des mots, des souvenirs évoqués, et qui s'évadent et vivent, et revivent à chaque fois différemment, les quatre murs de leur cachot n'existaient plus. Pas plus Blaise que son compagnon n'auraient su dire où ils se trouvaient en cet instant. L'univers des regrets, la détresse partagée pour l'un et, pour l'autre, la certitude de mourir le lendemain, magnifiaient ces minutes insolites. À peine percevait-on un léger décrochement dans le regard de l'étranger, une suspension flottant dans le vide, au-dessus de terres perdues. Reprenant son récit, sans réelle conscience d'avoir marqué une pause, l'homme murmura :

— … Yes, she was my sweet angel. Un soir nous sommes sortis ensemble. Jusqu'ici j'avais l'impression qu'elle m'ignorait… que je n'étais rien pour elle… qu'un jeune mâle plein de forces, peut-être… Non, enfin… But you know, when she was beginning to drink… and be happy… Il fallait la suivre ! This particular night she really became my angel.

Les minutes passèrent ainsi, au rythme hésitant de cet américain balbutiant la confession de sa vie.

Blaise ne pouvait s'empêcher de penser à Jeanne. Elle n'avait certes rien de commun avec cette traînée américaine, quoique Blaise ne l'eût pas tout à fait qualifiée ainsi, convaincu de cette sorte d'aura entourant le personnage, mi-icône sexuelle, mi-ange, mais la brièveté des histoires, leur fulgurance et l'incompréhension dans laquelle elles les avaient tous deux laissés, Blaise comme son compagnon d'un soir, lui apparaissaient clairement. C'était un peu comme si le caractère unique qu'ils accordaient chacun à la rencontre de l'Autre leur avait fait perdre tout sens des réalités.

L'inconnu semblait n'avoir pu que survivre après cette rencontre et le mal que cette Gladys lui avait fait, il en redemandait. Les dernières heures qu'il vivait, il les revivait avec elle, dans ses souvenirs.

— Mais… vous avez… vécu ensemble ? Ou bien cela n'a-t-il pas duré entre vous ? chuchota Blaise, intrigué.

— Elle n'a jamais voulu. Non… Quelque temps après… elle est tombée… comment dit-on ?… Enceinte, tombée enceinte. From the time she was pregnant, elle n'a plus jamais désiré me revoir… J'ai cherché à reconnaître l'enfant, mais elle s'y est opposée. Elle était mariée et son mari lui a donné son nom… Mortenson, je crois. J'ai essayé… Et puis, de désespoir, je suis parti en Europe. Je n'aurais jamais dû les quitter.

Lorsque les premières lueurs de l'aube percèrent à travers les barreaux de leur cellule, l'homme ne parlait plus. Les derniers mots qu'il avait prononcés étaient un prénom, celui de la femme qu'il avait aimée l'espace d'une nuit, dans l'arrière-cour d'un bar.

Ce bar, dont l'atmosphère d'insouciance et de liberté imprégnait, quinze ans plus tard, l'imaginaire de deux hommes réunis par hasard.

— Gladys…

Tout autant que ce prénom, et parce qu'il lui avait fait oublier sa propre douleur physique, Blaise se souviendrait longtemps de celui de l'américain : Terry.

IV. POÉSIE

27.

Paris, un demi-siècle plus tard

Bart avait connu beaucoup de choses dans sa vie et le caractère exceptionnel de son engagement, au début de la Seconde Guerre mondiale, n'en était pas le moindre. Paradoxalement, « c'est par la suite qu'il avait survécu », avait-il coutume de répondre dans les quelques rares interviews qu'il avait accordées au fil des ans, dans un monde de l'édition de l'art dont il était devenu un personnage important.

La plupart des gens voyaient dans cette réponse l'ironie malicieuse d'un ancien résistant, fait Compagnon de la Libération en janvier 1946 et comparant le monde des marchands d'art à celui des mouvements de résistance.

Sa vérité intime était tout autre. Elle devait beaucoup plus à ce qui lui était arrivé, soixante ans plus tôt, qu'à toute forme de vie confortable qu'il avait pu bâtir par la suite.

Dans les jours qui suivirent la capitulation de l'Allemagne, en ce temps où il se faisait encore appeler Blaise, les trains affluaient sur Paris, charriant des milliers d'hommes et de femmes, prisonniers ou rescapés des camps. Le résistant *Blaise* avait été désigné ainsi quelques années durant, par ses compagnons de déportation. Ce nom, il se souvenait qu'il ne l'avait pas choisi et lui aurait préféré Onésime, du prénom du père de Bicot Bicotin, ce héros d'une bande dessinée américaine qu'il avait dévorée lorsqu'il était plus jeune, et dont Suzy, la grande sœur, *flapper girl* avant l'heure, l'avait marqué. Mais il y avait renoncé, comme un adolescent renonce en silence aux dernières empreintes de son enfance. La dureté de la vie avait accordé les prénoms aux circonstances et lui avait fait gagner du temps.

Dans cette vérité et ses souvenirs, aucun des trains déversant les déportés sur les quais n'avait ramené la seule personne qu'il lui importait de revoir. Il s'était toujours persuadé de cela, tout au long de sa vie : non, jamais Jeanne n'était revenue des camps.

À l'automne de ses jours, il lui était pourtant de plus en plus difficile de continuer à refouler cette fin de matinée au Lutetia, en avril 1945, où l'ombre d'une ombre, surgie de nulle part, lui était apparue. Qui ne pouvait être que Jeanne. D'abord, à peine aperçue entre deux silhouettes épuisées aux rayures reconnaissables. Puis cachée, un instant, par d'autres figures moins laborieuses, mieux nourries, revenant d'un travail que l'on avait qualifié d'obligatoire, mais dont il savait la lâcheté, elle avançait à grand-peine, mécaniquement, comme si l'engrenage de la vie se remettait en action, mû par une force qui ne pouvait être divine, car Dieu n'existait plus. Elle était seule, absolument seule, perdue dans la cohue d'un flot inhumain.

Blaise était triste du décor dans lequel il lui était donné d'accrocher à nouveau son regard, ce regard du premier jour, celui du trottoir, du cycliste qui peine et de la voiture qui manque de les heurter. Il aurait voulu que tout reprenne les couleurs et les odeurs du temps d'avant, celles des files d'attente en cet automne pluvieux, l'automne de leurs 20 ans. Et puis, il enrageait que fût mêlé aux déportés le flot des prisonniers et de tous ces jeunes enrôlés de force en Allemagne, dont l'accueil en ces lieux était empreint d'une émotion qu'il jugeait indécente. Car, que pouvait être la douleur d'un simple éloignement quand pour tant d'autres, dont Jeanne, c'était entre le néant et le Ciel que s'étaient marchandés les retours ? Et puis comment ne pas entendre, émergeant de la foule des badauds, curieux et ignorants, les commentaires les plus immondes : « Ah ! Vous voyez ! Ça ne devait pas être si terrible : ils en reviennent… » ?

Ce matin-là, c'était un fleuve composite qui se déversait dans le hall du Lutetia et l'empêchait de distinguer clairement les visages. Son œil, pourtant, ne pouvait l'avoir trompé. D'ailleurs, il aurait reconnu sa silhouette entre toutes. Depuis cette cellule où il avait souffert, tout comme elle, avait-il fini par comprendre, son esprit était tendu vers le moment où il la reverrait enfin.

Oui, c'était bien elle. Blaise se souvenait d'elle si parfaitement qu'il ne pouvait se tromper, malgré les changements physiques : cette légère inclinaison du buste, en avant, ce port de tête, qui n'était plus tout à fait le même, même si l'on voyait qu'elle était restée majestueuse sous le joug, et puis cette façon de claudiquer, qui devait autant à l'épuisement qu'à la difficulté d'avancer. Cette agitation morbide autour d'elle, qui était seule, était insupportable. Blaise pouvait enfin venir la secourir, la soutenir et l'emmener, loin des hommes, loin des camps.

— Jeanne ! Oh, Jeanne… Tu es revenue ! aurait-il pu lui dire en s'élançant vers elle.

Une force le retint, pourtant. Une force dont il ne saurait dire plus tard ce qu'elle était. Il ne fit aucun mouvement vers elle et resta parmi la foule. Tremblant et tenant à peine sur ses jambes. Pétrifié. Si, bien des années après, l'instant ne lui semblerait plus tout à fait réel, comme dans le brouillard d'une mémoire qui protège, nul doute que, ce jour-là, il vécut cette seconde au centuple, immobile. Conscient de cette lutte intense entre l'ombre d'un souvenir par lui seul éprouvé, et qu'il aurait pu, par un simple geste, raviver, et l'implacable présence d'une femme qui était réelle, il préféra l'ombre des souvenirs. Elle lui semblait étrangère. Blaise était absent et son absence avait quelque chose de monstrueux. Moins forte que les rêves éveillés qu'elle lui avait donnés, le temps de quelques matins, ces heures devenues les compagnons fidèles de sa vie intérieure, la femme qui avançait ce jour-là vers lui et devait le frôler sans le voir ne pourrait jamais accoster à nouveau sur les rives de son existence. Car sa vie n'était plus réelle. Il l'avait réduite à des souvenirs. Des sensations. Glorieuses et passées, sublimées. Et dont elle était le joyau.

À ses yeux, Jeanne ne revint donc jamais et jamais il ne comprit le destin de cette femme, celle de la file d'attente, dont il était tombé éperdument amoureux, comme l'on en est capable à 20 ans, d'un amour qui ignore le souffle de l'Histoire et balaie les certitudes. Elle resterait cette femme, apparue dans sa vie un matin d'octobre 1942. Et qui s'en était détachée quelques semaines plus tard, dans l'incompréhension d'un cri : « Au secours ! Au secours ! » Seuls ces derniers mots continueraient de vivre en lui, de manière énigmatique.

Or ces mots, ou plutôt le souvenir de ces mots, il se l'était remémoré une seule fois, d'une manière amusante, il y avait fort longtemps, à New York. Par la grâce d'une jeune femme dont l'humour ne se savait pas blessant, ils lui résonnaient parfois encore aux oreilles : « Au secouwe ! Au secouwe ! » Et puis un rire.

Le rire de cette femme, Zelda, dont il n'avait goûté les lèvres que furtivement, lui avait paradoxalement montré la voie de l'oubli en lui rappelant son passé. Depuis, même s'il avait maintenu une chape de plomb sur certains épisodes de sa vie, il était revenu aux autres, à ses proches, et il s'était rouvert, dans le deuil de Zelda, aux méandres timides de quelques histoires amoureuses. Bien sûr, la vie demeurerait pour Bart une succession d'énigmes.

La simple rencontre d'un fragment d'autrui[11], faisant écho à cette partie de soi, restée figée en arrière, allait lui en donner un exemple fulgurant, au crépuscule de sa vie, dénouant les écheveaux les plus complexes de ces routes qu'il avait croisées, sans les comprendre.

Ce soir-là, son œil fut attiré par un article dans un journal, à la rubrique culture, incitant le lecteur de manière indélicate à « revisiter Marilyn Monroe ». Les écrits de l'actrice, pour la plupart inédits, poèmes, lettres, carnets intimes, étaient enfin publiés, éclairant d'un jour nouveau les dons de cette jeune femme hors du commun, icône absolue du XXe siècle. Le livre s'appelait *Fragments*. Bart fut intéressé par ce matériau, par définition authentique, peut-être révélateur d'un talent

---

[11] Le terme « fragment d'autrui » est emprunté à un vers écrit par Zelda : « Seuls quelques fragments de nous toucheront un jour des fragments d'autrui... », non daté.

méconnu. Il s'était, en revanche, toujours tenu à l'écart de tous ces écrits qui avaient prospéré sur le dos de l'actrice, de ces faiseurs de scandale qui faisaient les unes des journaux, révélant inlassablement le dernier secret de sa mort ou celui d'une relation aussi intime que politique, exploiteurs sans scrupule d'une destinée dont il ne savait dire lui-même s'il la trouvait triste ou belle.

Il se souvenait de celle qu'il avait serrée dans ses bras et à qui il n'avait su dire que le prénom d'une *autre* : « Zelda... » S'il avait parlé de Zelda autour de lui, pas seulement à son retour de New York en 1954, mais bien après, parce qu'elle avait changé sa vie, lui permettant de subir la plus douce catharsis qui soit, il n'avait jamais confié à quiconque avoir eu ce privilège nocturne, presque indécent, d'accueillir Marilyn Monroe dans sa chambre.

Éloignant quelque peu le journal pour mieux en lire les petits caractères, son œil fut attiré par un encart, intitulé *Poèmes de Marilyn*, présentant au lecteur des textes de prose ou de vers, sortis de la plume de l'artiste. Il lut le premier texte, très court, machinalement, sans y prêter plus attention que cela.

C'est lorsqu'il le lut une seconde fois que son cœur s'arrêta.

28.

Paris, quelques instants plus tard

Lorsque la femme de ménage pénétra dans l'appartement, elle ne fit pas tout de suite attention au calme qui y régnait et que rompait d'ordinaire un disque de jazz, ce jazz des années cinquante, celui qu'avait découvert Bart lors de son premier séjour aux États-Unis. C'est en rentrant dans le salon, après avoir longé un petit vestibule en longueur, sur la droite de l'entrée, qu'un cri d'effroi lui échappa lorsqu'elle le découvrit, la tête penchée légèrement de côté et en arrière, sur son fauteuil, une main tendue dans le vide et un journal froissé tombé à ses pieds.

Il s'était éteint d'un seul coup, dirait-on. Sans souffrir. Sur son visage, si l'on y prêtait attention, l'on pouvait deviner un sourire triste, ultime témoin d'une révélation, d'une compréhension. À moins qu'il ne se fût agi du dernier masque figé, hasard des derniers muscles contractés pour l'éternité.

Pas plus la femme de ménage que les personnes accourues sur place ne firent attention au journal, que ses doigts effleuraient encore et qu'ils jetèrent négligemment de côté. Sur l'un des feuillets, l'on pouvait y lire le fac-similé d'un carnet où Marilyn Monroe avait écrit ces quelques mots : « 10 septembre 1954, Museum of Modern Art ».

Et puis quelques lignes :

« Au secours ! Au secours !
Je sens la vie qui se rapproche
Alors que tout ce que je veux
C'est mourir ! »[12]

---

[12] Dans la réalité, ce poème a été écrit par Marilyn Monroe en 1958 à Los Angeles : « Help! Help! Help! I feel life coming closer. When all I want to do is die. » Les quelques poèmes écrits à cette époque sont rassemblés sous le titre ironique : *After one year of analysis*.

29.

Gainesville, en Floride. 1984[13]

Bien des années après la mort de Zelda,[14] dans un hôpital américain, une vieille dame était dans ses songes, calme et sereine. L'après-midi coulait au rythme tranquille d'une fin d'été. Une tasse de thé et quelques biscuits en avaient distrait la quiétude.

La vieille dame avait changé de nom quelques années auparavant et s'appelait désormais Mrs Eley, du nom de son troisième mari. Elle était connue du personnel hospitalier pour aimer tremper ses lèvres dans une coupe de champagne, lors de grandes occasions.

Un soir, à la faveur d'une musique au loin, entendue faiblement – on aurait dit que c'était du piano –, l'on avait vu la vieille dame se mettre à chantonner, battant d'abord le rythme, doucement, de ses mains engourdies, puis reprenant la mélodie de sa voix diminuée. Lorsque le piano s'était tu, elle avait continué à fredonner, les yeux à moitié fermés.

On aurait dit qu'elle chantait une berceuse, celle-là même qu'elle susurrait parfois à sa fille, bien des années plus tôt,

---

[13] Gladys Baker est décédée le 11 mars 1984 à Gainesville en Floride au Collis Court Home, plus de vingt ans après sa fille Zelda.

[14] Marilyn Monroe est décédée dans la nuit du 4 au 5 août 1962.

lorsqu'elle avait décidé de la reprendre, la soustrayant à sa dernière famille d'accueil et espérant construire, avec elle, une nouvelle vie.

Cela n'avait duré que quelques mois, mais Zelda avait alors 8 ans et avait été folle de joie du piano blanc que sa mère avait acheté pour elle.

Dans les couloirs de l'hôpital, le souvenir de ce piano blanc semblait envahir l'espace et prendre place à côté de la vieille dame, dans l'univers qui était le sien.

À propos de l'auteur

Parti dans la vie avec un « cerveau gauche » plus développé que le droit, Xavier Zakoian a d'abord laissé libre cours à son goût pour l'optimisation, les algorithmes, etc. Tout cela le conduisant naturellement à devenir un expert dans un « domaine de niche » et à fonder il y a quelques années une société dans l'édition de logiciels innovants.

Cette aventure entrepreneuriale, premier avant-goût du processus créatif qui germait, lui donnera finalement l'élan pour enfin s'adonner à sa seule passion, l'écriture.

Passion qu'il avait toujours gardée dans un coin de sa tête. Côté droit, donc !

À la faveur de ses lectures passionnées pour des destins hors normes, il a commis *Du vent dans les toiles d'araignée*, son premier roman.

Retrouvez tous les titres et l'actualité des Éditions HJ :

Sur notre site Internet :

http://www.editionshelenejacob.com

Sur Facebook :

https://www.facebook.com/EditionsHJ

Sur Twitter :

https://twitter.com/EditionsHJ